人間社文庫 ‖ 日本の古層⑥

古日本文学発生論

文庫版

藤井貞和 著

人間★社

まえがき――文庫版に寄せて

　本書は一九七六（昭和五十一年）～七七年の『現代詩手帖』（思潮社）に連載のあと、一九七八年に整序して初版（同）を刊行し、一九八〇年には「記紀歌謡前史」と副題して新装版、一九九二年に増補新訂版（装幀＝芦澤泰偉）として世に送り出した。

　このたび、人間社文庫（人間社）の一冊にならぶことになる。あまりに稚拙だった元の文をやや修訂して読みやすくする一方で、記紀歌謡や万葉歌については引用を通行の漢字かな交じり文や、かな書きのままに残した。南島歌謡のたぐいは原資料による掲載を原則とする。

　もう半世紀近いまえのこと、一九七四年三～四月、宮古島でお会いした本永清さんから、論文「三分観の一考察――平良市狩俣の事例――」（『琉大史学』4）をいただいた。これが始まりだった。人類学のクロード・レヴィ＝ストロース『構造人類学』を使って、一村落社会、狩俣の神話構造が〈神歌《かみうた》〉および伝承から解き明かされるという論文で、ええっ！　この論から受けた衝撃には計り知れないものがあった。

　頭の準備運動も何もほとんどなかった私に、本永論文が出現したことは天からの指図だったろう。狩俣の村が神話的コスモロジーから成り立ち、しかも神女たちによって祭祀のさなかにそれらは〈神歌〉として演唱されるのだという。集落の背後には聖なる丘脈が広がり、神女以外のはいれない箇所もある。島尻集落ではパアントゥの神像を遠くより拝し、さらに大神島にまで渡ることができて、あまりにも濃厚な初めての体験だった。

その三年まえ、一九七一年、新宿の厚生年金会館で吉本隆明さんの南島論の講演を、超満員のなか、聴いたことは忘れ得ない切っ掛けとなった。しかしそのなかで歌謡のたぐいがふれられてはいなかったと記憶する。

沖縄へ、琉球へ、行ってみようと提案したのは、友人の関根賢司そして髙橋亨だった。新さくら丸で二昼夜かけての船旅である。鹿児島湾、名瀬港（沖合停泊）、那覇港。そこからふたたび船で宮古島に向かう。本永さんから「三分観の一考察」をいただく。宮古高校の砂川校長の手配で大神島まで渡ったこともまたけっして忘れることのできない貴重な体験である。

琉球大学に赴任した関根さんが、見つけると「あれを読め」「これを読め」と強制的に送ってくれる、各種の〈資料〉や〈史料〉の多くは、タイプ印刷のそまつな郷土研究誌であったり、古い叢書のたぐいの復刻だったり、それらこそは文学研究の原点であり、宝庫だと言ってよく、刊行があい次ぎ、また世に問われつつある、燃え立つような沖縄そして奄美の一九七〇年代だった。〈資料〉とか〈史料〉とか、クールな言い方をしてはどこか不足な、熱い時節であるさまを、もどかしく関根さんは私どもに訴えようとしていたようだ。

いま出つつある『琉球文学大系』（名桜大学、編集代表・波照間永吉、ゆまに書房）の企画を見ると、奄美学からは山下欣一、先田光演、小川学夫氏らの、私どもにはだいじな名まえがならび、かれらのしごとによって学んだ〈文学の発生〉論が、〈日本文学〉そのものを基礎づける原型だったと、いまにしてよくわかる。奄美学だけでなく、『南島歌謡大成』（角川書店）の各篇や諸島の歌謡類が基礎になって、五十年の歳月をかけて若手や中堅の研究者が沖縄でも本土でも育ち、豊かな成果で飾ってくれていまに至ることを、絶えず随伴しつつ噛みしめてきた。

一九九二年に、関根さんは「琉球古典文学大系全一〇〇巻、または六〇巻、少なくとも三十六巻という企画を構想しなければならない」と言っていた。同時に、それらは「幻の企画」だとも彼は言い、その実現を「ほとんど絶望的だ」と書いた。しかし、『沖縄文学全集』（国書刊行会）が、その九〇年代に、近・現代の沖縄文学を彩る壮大な試みとして立ち上げられ、このたびの『琉球文学大系』という古典の集大成は、それと向き合うような気がする。幻でなく、絶望的でもなく、沖縄の現実としていま、進みつつある。

『おもろさうし』は日本古典文学大系（岩波書店）に入選せず、日本思想大系（同、九七二）に収録されている。よくぞ〈思想大系の快挙〉と見るべきだろう。岩波書店は九〇年代のシリーズで、『(岩波講座) 日本文学史』に「琉球文学、沖縄の文学」という、まるまる一冊、私も関与した企画とは言え、文学史への劃期的な登録を果たした。沖縄での編集会議の席上、食いいるような表情で参加していた作家、目取真俊さんが、「米民政府時代の文学」を書いてくれたことを特記事項としたい。それの和文学・漢文学の項目については関根・上里賢一さんの執筆で、今回の「琉球文学大系」の和文学（大胡太郎さんら）・漢文学（上里さん）につながるかと思う。

山下欣一さんには「孤島苦の文学史」を書いてもらった。山下さんは冒頭に引く、

この海がなければ、これが陸つづきであったなら……
だが沖縄は島であった。運命の島であった。

（浦崎純『消えた沖縄県』、一九六五）

と。浦崎は辿りついた沖縄本島南岸で阿旦の根っこに穴を掘り、機銃弾の飛んでゆくなか、運を天に任せて目を閉じたという。

むろん、山下さんは冷静に「孤島苦」という語の、伊波普猷以来のいわば〈語法〉を分析して、

近世奄美のそれへと迫る。その奄美群島は〝返還〟直前に最悪の飢餓状況を耐えぬいた抵抗の拠点でもあった。

『古日本文学発生論』の〝古日本〟とは何か。現在ではやや付けにくい題名であるにしろ、伊波の〝古琉球〟に倣うとともに、今井野菊、田中基、北村皆雄さんらの取り組みを、ついに傍らに知ることになる一九六〇～七〇年代の私だった。つまり古部族研究会にほかならない。〝古日本〟がそれに類する題名だとは、いま言ってみたい。人間社文庫が日本原初考（日本の古層②③④）として『古代諏訪とミシャグジ祭政体の研究』『古諏訪の祭祀と氏族』『諏訪信仰の発生と展開』を復刊せられ（二〇一七）、この『古日本文学発生論』にも注目されて復刻されることとなり、折井克比古氏をはじめとする各位に対し深甚の謝意をささげたい。

二〇二三年五月一五日

藤井貞和

・本書は『古日本文学発生論　増補新装版』（思潮社、一九九二年（初版一九七八年））を底本として使用し、誤字・脱字・誤用と思われる箇所を正しました。また、読みやすさを考慮して漢字・かな遣い、句読点ならびに用字・用語について、やや修訂の手を加えました。
・人名・地名・団体名などは掲載時のままとしました。

古日本文学発生論　文庫版

目次

古日本文学発生論

文庫版

亡滅の歌声

詩と鋳型

詩の鋳型というものを考えてみることができるとすれば、現代詩の一篇の作品は、詩の鋳型をひそかに作り出すことによって書かれ、それから、おそらく、別の、新しい作品を産み出すためには、惜しげもなく、以前に使用した鋳型をこわさなければならない。現代詩に、無から作品を産み出すような自由はない。ことばという、およそ最も保守的な何ものかによって、いきなりしばられている。知らず識らず、詩の鋳型を作り出す工房のなかに書き手は置かれている。

詩の鋳型を作り出してから、そのあと詩が書かれるということではない。それならば新式の定型詩であるのにすぎない。そうではなくて、定型を否定するようにして詩が書かれるためには、固有の鋳型を、書き手が積極的に創造し所有する。

一篇の作品が生み出されるとは、その鋳型を創造し所有することをさしあたり意味している。ある一行からある一行への移徙《いし》、用語の選択、取捨、一行の音数、位取りのようなもの、推敲のあらゆる操作を通じて詩の鋳型は作られる。現代詩がそのようにしてたとえば行分け詩を追求し、あるいは散文の形式をあえてとることはほとんど経験的な事実ではないか。

経験的とは、さしあたり現代日本語としての経験的な事実という意味で言おうと想う。ふたしかな部分を極力、排除しても、結局これだけは残る、という意味でいえば、詩作ということに関して、現代日本語が、これだけは経験的な事実だ、というようにいえることのひとつは、詩作という行為が鋳型なしでは済まされない、といったようなことになるであろう。

小学生たちが詩らしきものを書くのを、否定するようなひとはいないだろう。詩らしきものとでもいう以外に言いようのない、幼い淡い凝縮を、拒否しなければならない理由はどこにもない。現代日本語の茫洋とした散文的なひろがりのなかに、詩らしきものを幼く淡く凝縮させようとする欲求は、けっして教師が教場で強要するからでなく、もっと深い理由にもとづく何かであるのにちがいない。見よう見まねで行分けをほどこしたりしているのは、幼い鋳型を作り出しているのだ。たといそれが、詩とはそういうものだと思いこまされているからであるにしても、半面、現代日本語じたいの欲求でそれがあることは、否定しえないことである。

詩の鋳型を作ることによって詩が書かれているのだ、ということは、意識的、自覚的に考慮されていることでない。詩の鋳型を作り出すことと、それによって詩を産み出すということとのあいだに、明確な二段階性や時間差があるわけではないから、詩の鋳型を作り出すことによって作品を書いているのだ、という現代詩のなかのさいごの定型問題は、無意識的、無自覚的な深層へ帰っている。

無意識的、無自覚的であることは、現代詩に課せられた危険な自由である。つまり新しい詩を産み出すためには、いわゆる定型から切れていなければならず、既存の形式からの自由ということは、課せられているわけだが、一方、無意識的、無自覚的であることは、書き手が、安易に自己の鋳型を作り出したまま、同じような鋳型のなかに安住する無自覚、無意識をもゆるすので、危険な自由なのだ。

作品の一回性において、一般に、詩の鋳型は、つぶされなければならない。同じような鋳型のなかに安住する十年一日的書き手のなかでは、詩が古く腐ったようなにおいをたてていることが多い。新しい詩を産み出すためには、だから絶えず、何かをこわさなければならない。

詩を書くことは、そうしてみれば、何かをこわしている風景に似ているし、事実、それは深い近代的理由をもって、説明のつくことである。私たちは明治四十年代から萩原朔太郎への、口語自由詩を作り出すという近代詩史上の事実を知っている。その意味するところをとりちがえてはならない。近代という時代が、何かのこわれたかたちから成り立っているから、近代詩もまた、自由詩にならざるをえなかったのである。こわれた風景のうえに花をひらかせる近代詩であるから、口語自由詩にならざるをえなかった。そこに定型はこわれた。当然のことではないか。

古代詩と近代詩

近代詩が、口語自由詩のかたちを課されるにいたって、数千年の詩の歴史は、遠いへだたりを極限まであらわしたといえる。しかし不変の部分もまたあるであろう。

発生する初期の古代詩一般は、われわれの近代詩や、現代詩的努力と、ちょうど向きあっているように想われる。たんに過去と現在が向きあっているという印象ではなしに、定型からふっきれた詩的極相において、いわば科学的に、古代のなかの詩の発生と、われわれのなかの詩の発生とを対応させることのできる地点へ出た、というふうに想われるので、問題に立ててみるのだ。

文献にあらわれたかぎりでみても、初期歌謡に見いだされるある種の〈自由〉を、音数や句数や語と語との結合や修辞や発想など、あらゆる面に観察しうることであるが、それは近・現代詩の自由と、対応しているであろう。

初期歌謡はおおざっぱに言って定型がしだいに確乎として形成されてゆく過程にあるが、おそらくそれは、われわれのなかの詩の鋳型を一回的に創出する努力と、深いところで対応している。かれにあっては無時間的なくりかえしにおいて行われる詩の発生が、近代詩においては一回的である。古代における集団的な、呪術的な性格は、個人的な密室工房がそれに対応している。

ここでもうひとつの、経験的な事実を述べておいた方がよいだろう。現代日本語が、経験的に、詩らしきものに、どのように出会い、詩であることを感じてゆくのかといについて、それは、ほとんど外来的な何ものかであるように出会うであろうという事実である。

人生の初期やある段階で、詩をふいに書きたいと想い、あるいはふと詩を読みたいと想う、そういう気分になることの理由をだれも、たぶん、自分に説明することはできないので、経験的な事実であるほかはないが、おそらく、私の推定にまちがいなければ、そのような気分は、より深く日本語なり言語一般なりにふれてみたいという、欲求にかられた想いの晶出であって、現代日本語が喚《よ》び出す経験的な事実であるということができよう。

詩が外来的な何ものかとして訪れる、という経験的な事実は、より深刻に、詩作の密室工房においてあらわれる。それは現代日本語が、詩を実現しようとするときにあじわう、経験的な事実であって、詩は、鋳型なしでは済まされないというひとつの経験的な事実と、それにもかかわらず詩は、外来的な何ものかであるという、もうひとつの経験的な事実とを、深刻にもかかえこむかたちに、問題をあらわしてくる。

詩が外来的にふれてくる経験は、古代的な詩の残存であるといってもよいし、不変の部分であるといえばもっと正確な言いかたになるだろう。それは、くりかえすようだが、言語が、発生以来、経験してきたことであって、言語の詩的能力とでも名づけられるべきものである。折口信夫はいまわれわれの目にふれる記紀歌謡のはるか以前に、長い詩の歴史を眺めている。詩的能力が言語に発生するのはすでに長いその前史に負っている。宗教信仰にまみれた詩の発生史から判断すれば、詩的能力の発達は外来魂・外来神の長い歴史のなかで培われたのだろう。

現存する古代歌謡はほぼ古代国家成立以降のものと推定されている。しかしそれは、古代国家成立以前的段階と闘争し、懐柔してきたことの歴史を歌謡歌謡のひだにきざみつけている。現存の古代歌謡はそのようにして出発した。折口の考えた文学（＝詩）の発生は、古代国家成立以前的段階に置かれている。それは徹底している。古代国家成立以降の社会のなかに、それ以前的段階を探求する。さらに現代に残る古代生活・古代社会の研究も、文学の始原的発生段階をさぐりとるためである。折口の古代研究とは、古代的生活の研究という意味で、現代に残る民俗的基層の探求も〈古代研究〉にほかならなかった。

亡滅の研究

もういちどくりかえすと――

詩がなんらかのかたち（鋳型）を要求することと、詩は外から付着するようにして個人を訪れる、ということとは、ふたつの、現代日本語の経験的な事実、としてあるだろう。そのふたつは、古来的なものとしてあるだろう。古代詩の問題として考察できることがらである。前者は定型を詩が必要としていったのは何故か、という問題へつらなり、後者は、宗教的欲求が詩的能力を育成していった次第を端的に説明する。

しかし、以上の二点は、それじたいの解明をするのが困難である。無文献時代にそれらはその発生を負っている、あるいはすでに発生をおえているからにほかならない。折口信夫はその無文献時代に焦点をあてるという民俗学的方法を創始した。私一個としては折口の方法で満足すると考える。けれども、そうした問題を、歴史的過去へと、一々貼りつけなければ気がすまない現代に来ていることも事実であるように想われる。

現存している古代歌謡は、いま述べたように、古代国家以前的段階との闘争形態や懐柔色調を中心にしている。それはすでに宗教祭式的傾きが強くない。つまり、古くない。そのような新しい段階のただなかから、亡滅の歌声を聴きとどけなければならない。国家論をひきつけて、国家の古代的成立以前から以降への、いってみれば右のような折口的課題を探求した吉本隆明『共同幻想論』〔吉本a〕と新しい同『初期歌謡論』〔吉本b〕とは、国家にたいする理解が現実的に行きとどいている分だけ、折口より、わかりやすくなっているといえるだろう。より亡滅させられる側に身を置くことで、黒田喜夫「一人の彼方へ」の断続連載〔黒田a〕は、現在のところ問題を最も遠い射程にまで伸ばしている。[1]

歴史学者のアプローチは、このあたりの事情にたいして、ほとんど無いといってよい。神話学者もまた同じ。邪馬台（?）国から大和朝廷国家成立の側面を、史料のこねまわしでつついて、〈古代〉が出てくるとは想われない。かすかな反措定の先鞭は柳田国男の石神発想であった。御左口神《みさぐち》（石神）の研究グループが誕生しているらしいのは、既成の全歴史学にたいする反措定として、成果が期待される。

古橋信孝の「古代詩論の方法試論」という、つづけられている未完の長篇研究〔古橋a〕は、折口信夫を排除している（後述）分だけ、私の考えかたと微妙にちがう面があるにしろ、さまざまな意味で注目すべき労作になっている。吉本隆明『言語にとって美とはなにか』〔吉本c〕刊行後一〇年にして、国文学の方から同問題にとりくむ研究が出た。それにしても古橋のはじめの段階には、亡滅させられる側面からの発想がぬけている。

なぜこの問題に固執するのか。それは、言語と、言語にまつわりつく思想や感情生活とが、この日本列島のうえで、古代国家成立以前的段階から以降へと、さまざまなかたちで継承されてきたと考えられるからである。民俗学者の課題とするところであろう。しかし、それを言語じしんの意志としてとらえなおしてゆくことができるように想われるので、くりかえし詩の発生論は行われるのだ。

文献は、基本的に、歴史時代からの一方的な叙述であることをまぬがれない。一方的ではあるけれども、けっしていい加減ではなくて、一定の幻想性、古代的想像力がはたらいている。その想像力によって、無文献的な始原時代を継承していると考えられるので、文献のなかを、歩けるだけ歩いてみるのでなければならない。

そして、文献の持つ限界もまた、「歴史時代からの一方的な叙述であることをまぬがれない」以上、明白に存在する。

しかし、この数年来、われわれの眼のまえに、新しい種類の〈文献〉が、はっきりとかたちをとって姿をあらわしてきた、といえるのではなかろうか。南島古謡群の組織だった発掘と解明とである。

折口以降、そして新しい吉本隆明『初期歌謡論』が問題にひきすえたあたりよりすこしまえの欠史——欠「文学史」——の部分を、それらの〈文献〉はほの明るくしてくれそうに想われる。

（1）亡滅とは、さしあたり黒田喜夫のことばに負う。「インタヴュー亡滅の歌」〔黒田b〕を参照。

異郷の構造

〈思ひ〉の呪術

古事記という書物のなかの神々の記事は、古代の民俗的基層から浮いていて、その割合だけ読みづらくさせられている。民俗的基層にまでとどかせるのにどうしたらよいのか。冒頭に出てくる三神――

天《あめ》の御中主《みなかぬし》の神――(イ)
高御産巣日《たかみむすひ》の神――(ロ)
神産巣日《かむむすひ》の神――(ハ)

(イ)はたとえば「中央の思想の神格表現」云々(角川文庫本、脚注)という説明。しかし命名幻想の、根拠があるはずだ。民間信仰の段階に、中主とか、あるいは中神《なかがみ》とかを想定してかかるのが筋だろう。陰陽道のほうで、のちに最も重要な神になってゆく天一神は「なかがみ」という。無関係だと言い切れようか。

(ロ)『記』(＝古事記)中に、高木神《たかぎ》という、民俗的基層での、ないし以前段階的な名称を、はからずも何か所かあらわす。高い木、そこには高つ神が宿る。ありふれた民俗神としてわれわれの眼のまえにある。

(ハ)は神魂(カミムスヒ)あるいはカモス神(カミス神とも)という名称で、いまに多くの神社の祭神として見いだす。

天の御中主の神→中(主)神
高御産巣日の神→高木神
神産巣日の神→神魂・カモス神

いや、この矢印は逆方向へと向けかえなければならない。古事記の方が神名の荘厳化・擬タブー化を示す。天の御中主の神・高御産巣日の神……という名称は、真のタブーとしての祭神名を解消し無害化する作為的な荘厳化であって、同時に国家神的段階の新しいタブーを作り出している。それを擬タブーと言おう。神名はタブーである。高木神、というのもタブーを避けた仮の名称である。中神とか、神魂すら、代償的な呼称で、いつでもタブーを避けてそういう代償名で呼んでいるから固有名詞化してゆく。

中（主）神→天の御中主の神
高木神→高御産巣日の神
神魂・カモス神→神産巣日の神

神々のそうした名称は、性格や地名をもって、呼称としてつけられた。神々固有のアイデンティティはタブーであり、荒ぶる神のばあいならばひたすら荒れくるうしかない。神名を問題にするときには、それがタブーに規制されたための、限定的な性格名であり、形成途上の固有名詞として理解をとどかさなければならない。

前置きが長くなった。右にふれた古橋信孝が思兼《おもひかね》神を問題の俎上にのぼせている（古橋b1）。古事記では「思金神」と書いて、「思ふ」神として、高御産巣日の神が思金神に「思はしめて」答申させた。高御産巣日の神の子であるとも書いている。古橋の説明が手っとりばやいから引く。――

思兼神については古来いろいろ説明されている。藤原良経（ママ）は亀卜と結びつけて、「昔の思兼神は今の占部氏の遠祖なり」（『和歌色葉』日本歌学大系本による）としており、本居宣長は「思《おもひ》」は「思慮《おもひはかり》なり、金は兼にて、数人《あまたのひと》の思ひ慮る智《さとり》を、一《ひとり》の心に兼持る意なり」（『古事記伝』筑摩書房『本居宣長全集』第九巻による）とし、岩波古典大系『日本書紀』もその見解に立っている。同じ大系の『古事記』では、「多くの思慮を兼ね持つ神の意で、人間の智力の極致を神格化したもの」としている。また高崎正秀は、カネオモヒの後置修飾格とし、カネは予で、結局予言の神としている（『文学以前』）。良経（ママ）の説は別として、高崎の予言神という見解以外はごく当り前に字面から判断されるものだが、高崎の論の元となって、この思兼神にもっとも執着したのは折口信夫であった。折口は天の石戸を神の呪言の始まりとし、初めてそこに思兼神を登場させたものと考えており、呪言の創始者として創出された神としている（『国文学の発生　第四稿』）。折口は呪言と結びつけて考え、そこに文学の発生をみているのである。きわめて優れた見解であるが、折口は文学的側面と政治的側面とを分離させる視座をもたなかったため、この神の文学の発生における意味をじゅうぶんにはおさえきれなかった。（〔古橋b2〕、注、七九頁）

と古橋は、結局、折口＝高崎ラインを否定する。そして、諸の神のいろいろ思案し答えたということを思兼神に代表させて表記したので、「本来的にはおそらく思兼神などな」かったであろう、と古橋はした。

結論的に、思兼神は、祭る者がわに立つ神で、国家の政治を意識した段階を想わせるとし、こうしめくくる、――「思兼神は国家意識の投影された神である。そしてこの神は思慮という抽象的なものを神格化したものである。国家意識が神話という幻想にかかわってあらわれたのがこの思慮を神格化した思兼神であると考えたとき、文学意識の現出もこの段階であるといいうるのではないか。国家というような抽象物を意識できるようになり、思慮を対象化できるようになったということは、言語を対象化し意識できるようになったことをも意味することになるのではないか……」（七八頁）。

なぜ古橋の意見をここに長々と引いたか。右の意見には、国家成立以前的段階から以後へという展開が、意識の次元でとらえられているという決定的な弱点はともかくとして、思兼神とか、別の神でもよいが、そういう新しい段階で神格が要請され、神が生まれてくるという発想が、もし本当にそれが言えるのならば、恰好な素材としてきわめておもしろい。しかし思兼神は古橋のいうような神格なのであろうか。

思兼神とは、日本書紀での表記のしかたで、「兼」字が宛て字であることはいうまでもない。宛て字に二通りある。まったく音通のみによって起用される場合と、表記者の解釈がはいってえらばれた字と。たとい後者であっても、それはオモヒカネ神の性格決定のためには、不確定性にみちた低度の参照項目でしかない。「……言巻毛《いはまくも》　湯々敷有跡《ゆゆしくあらむと》　予《あらかじめ》兼而知者《しりせば》」（万葉集六、九四八歌）の「兼而」（かねて）は予知の意味で、こういうケースは多い。古事記で思金神と書いているのは完全な宛て字である。

それよりも、古橋は、思兼神が、古事記（天孫降臨条）で「常世思金神」と書かれていることにふれていない。天の石屋戸条では、八百万の神が、天安の河原にあつまって、思金神に「思はしめ」て、常世の長鳴鳥に「鳴かしめ」て、天照大御神を石屋戸からひっぱり出す準備をした。[1] ここに思金神は常世の長鳴鳥（常世長鳴鳥）と並列させられている。思金神の出自・本貫が常世であることはここにはっきりと示されているのではないか。「鳴かしめ」（令鳴）るとは何らかの呪術であり、思金神に「思はしめ」（令思）るという「思ひ」も何らかの呪術であることは動くまい。思慮であるよりも、折口＝高崎説の予知能力の意味にとるほうがはるかに妥当であるが、たとい思慮であるにしても、ここには、思慮というものの源泉は常世にある、という考えかたがながれている、と見るべきところだ。思慮といっていけなければ叡智である。常世とは、叡智がいっぱい詰まっている宝庫であって、それを呼びよせる呪術が「思ひ」なのであろうと考えられる。

思兼神は「思ひ」の神で、より性格を明確にするためにカネ(＝予)を付して呼称している。本来的に「思ひ」という語に予知が含まれている。「思ひ」は常世から知を引き出す呪術である。「物思ひ」は後世になって部屋にひきこもりがちにうつうつと「思ひ」をつづけることで、物忌み的な呪術の雰囲気を残している。思兼神の呪術は後世の「物思ひ」と規模はちがうが、シャーマニスティックに知の国常世へ魂を飛ばすようなことをするのであろう。長鳴鳥を使うのか、そのあたりはよくわからない。

(1)日本書紀では「……故《かれ》、思兼神、深謀遠慮して、遂に常世の長鳴鳥を聚めて、互に長鳴せしむ」(神代上、一一二頁)。「深謀遠慮」とは「思ふ」の内容を書紀の編者が漢語で解釈を加えたもの。

世と常世

思兼神は「常世の……」と限定されていて、前代の常世信仰から来る。シャーマン的な形態を残している。シャーマン的能力をもって常世を呼ぶ。常世は神話的源泉としての異郷であり、それを切実に呼ぶ能力と技術との発達は詩というほどのものをしだいに発達させる、という見通しである。

折口信夫は思兼神を最大重視した。「国文学の発生〈第四稿〉」によればこうである。

> おもひかねの命を古事記には、又、常世《トコヨ》ノ思金ノ神とも伝へてゐる。呪言の創始者は古代人の信仰では、高天原の父神・母神とするよりも、古い形があつた様である。とこよは他界で、飛鳥・藤原の都の頃には、帰化人将来の信仰なる道教の楽土海中の仙山と次第に歩みよつて、夙くから理想化を重ねて居た他界観念が非常に育つて行つた。
> （〔折口a〕、一三〇頁）

これにつづいて、「とこよは、元、絶対永久（とこ）の『闇の国』であった」云々という、常世は常夜だ、という折口が集中的に批判されている考え方が述べられてゆくところについては、多く蒸しかえすまい。鈴木満男「マレビトの構造」〔鈴木a〕が、折口のマレビト論における歴史的次元の欠落をいかに論じても、折口のマレビト論を神話的幻想的次元において読みなおすならば、有効性をうしなっていないから、批判として弱く、むしろ手痛い批判は折口よりも宣長をとりあげて、「常夜《とこやみ》往く」という天の石屋戸条の一句を(1)「常夜《とこよ》往く」

と訓んだ〝千慮の一失〟を指摘する、次田真幸・山上伊豆母らにあるだろう（参照、山上『神話の原像』〔山上a〕・同『古代祭祀伝承の研究』〔山上b〕）。これを要するに「常夜《とこよ》」という語はない。「夜」と「世」とはいうまでもなく上代特殊仮名遣で甲類（夜）・乙類（世）別々の語であり発音であった。

常世は常夜の意義を、その原意にたどってみても含んでいないということは確認されなければならないが、それでは常世とは、世の常《とこ》なる状態とはどんなところであるかといえば——

おきつとり　かもどくしまに　わがゐねし　いもはわすれじ　よのことごとに（沖つ鳥　鴨著く島に　我が率寝し　妹は忘れじ　世のことごとに）
（古事記、一四七頁、歌番八）

この第五句「世のことごとに」は、「世」というものが移りかわり、移りかわりしても、その毎々《ことごと》に、という意味で、「世」は交替し、移りかわるという思想が背景にある。「世」から「世」へ、また「世」から「世」へ移りかわっても、そのたびそのたびに「妹は忘れじ」と誓うのだ。ここから、世がつきるまで、といった意味が熟し、また現に使用される「ことごとく」という語が成長してくる。移り、交替される「世」と、対比させてみるならば「常世」の意味はほぼ明瞭である。いつまでも交替することなく永生的に続行する世を想定してかかっているのだ。「常世」と「世」とは対立する。「世」は一代で尽きるので、在位や寿命や豊饒などを意味した。豊饒というのは作物の実りであって、やはり「ヨ（乙類）」なのであった。世継《よつぎ》とは「世」が一代かぎりであるからそれを継ぐことをいうので、一方「常世」には世継の観念が成り立たない。

注意しておきたいことは、古事記が、天孫降臨条や天の石屋戸の段で、「常世の思金神」や「常世の長鳴鳥」など、その出自や職能をもって、他神たちから差別しているような書きかたである。重視しているにはちがいないが、特殊視している。日本書紀についてもそれは言えるであろう。常世信仰は民間の神話として深甚に行われていた。記紀はそれを吸いあげ、全体のなかへ組織してゆくが、民間信仰の段階を色濃くつたえているにしても、熱い第一次的な信仰のままではすでにない。(2)

（1）日本書紀では「常闇《とこやみ》」「恒闇《とこやみ》」「為長夜《とこやみゆく》」などとあり、長夜は無明長夜の思い入れ。神功紀（三四五頁）に「常夜行《とこやみゆく》」という例もある。万葉集に「常闇」（巻二、一九九歌）「等許也未」（巻一五、三七四二歌）二例。

（2）先代旧事本紀でオモヒカネ神を天思兼命とも八意思兼命とも言っているのは、さらに解釈がくわえられた段階になっている。

なお、古橋信孝は、さらに「思兼神論再論」を、昭和五十二年十一月刊の記念論文集上に発表し、私の批判をふまえつつ、考論の修正・深化をこころみている〔古橋 c〕。古橋は「神名の変転があったことを考えるべきである」というが、むろん、私は「思兼」なる神名を第一次性の神話における名称そのものであるとは、すこしも述べていないのであった。

叢の底から

サク神信仰

ここまで書いてきて、ふと、このように前々回に書きとどめたことが、私のなかに大きく広がってくる。それを、正面からとりあげておくのがよいのではないか。常世信仰よりも一段と古く、草深く、古日本を支配していた原生的な信仰について、さきに問題の正面に据えておくのが叙述の順序ではないか。しかし、それと、常世など一般に異郷の信仰とのあいだ、かかわり、あるいはへだたりといった、そうした暗部について、ほとんど解明のいとぐちがない。

ふところのように書きとどめた、とは、

かすかな反措定の先鞭は柳田国男の石神発想であった。御左口神《みさぐち》（石神）の研究グループが誕生しているらしいのは、既成の全歴史学にたいする反措定として、成果が期待される。

と述べたこと。前代信仰の片鱗をさししめす何ものかとしてそれはあるらしい。亡滅させられるべき側に属している。それならば、亡滅させられるべきは、歴史時代のこちらがわへ、何らかの継承を残しているのではないか。ひとすじのあえかな継承であるにしても、芸能や文学の発生は、そこに、具体的に、歴史時代的意味を荷うのだ。

常世信仰の問題と別に、ここに注意を向けておく。ほとんど古部族研究会編『古代諏訪とミシャグジ祭政体の研究』〔古部族研究会a〕・同編『古諏訪の祭祀と氏族』〔古部族研究会b〕と、服部幸雄「宿神論」〔服部a〕とにみちびかれながら、考察をすすめてみる。

原生信仰とでもいったらよいのか、このサク神《じん》の信仰は、古代統一朝廷による中央からの支配のもとに忘れ遺《のこ》され、信濃の国を中心にひろく残在している最古の原始信仰で、上は縄文時代の石棒などの信仰につらなり、草深い部分での性信仰（性器崇拝）・田神信仰に習合、あるいはその実体としてつたえられた。

柳田国男が先駆的に注意した石神《しゃくじん》である〔『石神問答』〔柳田a〕〕。「石神」という文字にしても宛て字でしかない。石信仰とかかわりがあるからいわば解釈性を含む宛て字である。

今井野菊「御社宮司の踏査集成」〔古部族研究会a〕は、長野県を中心に、関東地方・静岡・愛知・岐阜・三重・滋賀の諸県から近畿一帯にまで無慮一千以上のサク神《じん》・ミサクジ・ミシャグジ・ミシャグチ・オシャグジのたぐいを調べあげている。地方の訛りのために宛て字は雑多で、日本国中で二百余種あり、発音は敬称を除けば、[1]

さく・しゃぐ・さぐ・じょぐ
さこ・しゃご・さご・じょご

に基づいた訛りになっている〔「御作神」、〔古部族研究会a〕、一〇二―三頁〕。地名や人名にも残されていることは注意されよう。古い地主神や産土神の最も素朴なありかたで、新来の神々にとってかわられるべき恰好のえじきとなったにちがいない。古い地主神が新来の神にとってかわられる話は『古語拾遺』中の一例が有名である。「……宜しく牛の宍《しし》を以て溝口に置きて男茎形を作りて以て之《これ》に加へよ」云々と新来の御歳神が古い大地主神に命じている。[2]古い大地主神自身がかつてそのように祭祀されていたことをあらわしていよう。「男茎形……」とは石棒のたぐいであろう。この『古語拾遺』中の大地主神はおそらく当のサク神である。それが新来の神々によって、当然のごとくとってかわられる。古い神々はしかしそのままに放置すれば祟りをなすであろうから、土俗的段階で依然として信奉され、安産や子供の守護神として、まあ識者から見れば淫祠ということになるのだろう、草深い部分では生きつづける。

『古代諏訪とミシャグジ祭政体の研究』はこのサク神信仰を、それを支えていたとする土着の洩矢《もりや》族（守矢《もりや》族）への考察に押しすすめ、古代祭政体とでもいうべき部族国家段階に照明をあてようとしているらしい。予断をゆるさない(3)。

ともあれ守矢氏は諏訪先住の豪族として、新来の神をいただく一族とたたかってやぶれ、ついでそれに習合していった。諏訪信仰の実質をなす最も陰靡な部分がサク神信仰によって占められていることは、習合の意味をよく語っている。

守矢氏の敗北ということから、もうひとつのモリヤの敗北を想い起す。けっして語呂あわせではないはずだが、物部守屋の敗北である。史上のそれであるよりは、伝説上の守屋の敗北である。

けっして語呂あわせではないはずだが、とは、そのようなところにこそ古代中世芸能民の想像力がはたらいていると想うので、注意を喚起するのだ。

（1）ミは古い敬称で、御歳神《みとしがみ》の御《み》などに同じ。一方、接尾語的についているジあるいはチというのは、チよりもジのほうが多いようだから（また造語法的に考えても）、主《ぬし》から来た語であろう。主のつく神名は多い。ジに訛る例としては高倉主→高倉下《たかくらじ》などが知られている。

（2）昔、大地主神が、営田の日、牛の肉を以て田人に食わせていた。御歳神の子が、そなえ物に唾を吐いて、還るとその状を父に報告した。御歳神は、怒って蝗《あかむし》を田に放ち、苗葉を枯らせた。大地主神は、巫《かうなぎ》に、その理由を占わせた。御歳神の祟りであった。御歳神は自らへの祭祀を要求した。その教えのとおりにすると苗葉は復た茂り、年穀は豊かになった。歳《とし》は稲の意味。

（3）かれら研究会のメンバーは、藤森栄一の、すぐれた着想を引き継いでいるかたちである。藤森と別に、ミシャグジ神の研究をすすめていた今井女史との出会いから、この書は生まれた。

大荒（サケ）大明神

世阿弥『風姿花伝』は、秦河勝《はだのかわかつ》を、申楽《さるがく》家の始祖としてつたえる、始祖伝承の部分は、もちろん史実ではない。大和猿楽の芸能者たちが秦氏の後裔であることを自称してふくらましていった伝承として理解されるのが至当である。

一、日本国に於いては、欽明天皇の御宇に、大和国泊瀬の河に洪水の折節、河上より、一の壺流れ下る。三輪の杉の鳥居のほとりにて、雲客此壺を取る。中にみどり子あり。かたち柔和にして、玉の如し。是、降人《ふりびと》なるが故に、内裏に奏聞す。其夜、御門《みかど》の御夢に、みどり子の云はく、「我はこれ、大国秦始皇の再誕なり。日域に機縁ありて、今現在す」と云ふ。御門奇特に思し召し、殿上に召さる。成人に従ひて、才智人に越え、年十五にて、大臣の位に上り、秦の性を下さるる。秦といふ文字、秦《はだ》なるが故に、秦河勝、是也。

そして、「上宮太子、天下少し障りありし時、神代・仏在所の吉例に任せて、六十六番の物まねを、かの河勝に仰せて、同じく六十六番の面を御作にて、則ち、河勝に与へ給ふ」という、申楽発生の説話がつづく。そのさきを読んでみよう。河勝は、どのようにして芸能民たちの始祖になっていったか。

彼の河勝、欽明・敏達・用明・崇峻・推古・上宮太子に仕へ奉る。此芸をば子孫に伝へ、化人《けにん》跡を留めぬによりて、摂津国、難波の浦より、うつほ舟に乗りて、風に任せて西海に出づ。

この「うつほ舟に乗りて」云々は、密室化された舟で海に入ることで、死から再生への通過を意味している。なぜ河勝は、ここでうつほ舟に乗らなければならないのだろうか。うつほ舟は、古事記あたりにも痕跡を残している、古い葬送儀礼であったように考えられる。死者として海に流されたのであろう。舞台はかわって——

播磨の国坂越《しゃくし》の浦に着く。浦人、舟を上げて見れば、形、人間に変れり。諸人に憑き祟りて奇瑞をなす。

海から迎えた荒々しい神がいた、ということが出発点をなす事実で、その神が、巫覡をつうじて、自分は秦河勝の化身であることを、表明すればよいのだ。それはただちに、神未生以前、すなわち河勝の事蹟や伝説に結びついてゆくであろう。「人間に変れり」とは人間とちがった異形のかたちをした神になっていた。異郷から来たものは、鳥のかたちをしたり、蟲のかたちをしていたりすると想像されている。「坂越《しゃくし》」に上陸した。いま、赤穂市に編入されている、坂越《さこし》。故郷の近い柳田国男が『石神問答』中で、最初に注意した地名であることはいうまでもない。荒神となって、祭祀を要求する。

則ち、神と崇めて、国豊かなり。大いに荒るると書きて、大荒《さけ》大明神と名づく。

なまえからすれば、まさにサク神にほかならない。地名「坂越《しゃくし》」からもそれは確言されるであろう。いま、大酒神社、祭神は秦河勝であるという。サク神の一例を兵庫県に見いだすばあいである。古いサク神信仰へ、海上から寄り来た、新来の神が、習合していったという事情をかいまみさせてくれるものであろう。「今の代に霊験あらたかなり。本地、毘沙門天王にてましますす」。

上宮太子、守屋の逆臣を平らげ給ひし時も、かの河勝が神通方便の手に掛りて、守屋は失せぬ、と。（風姿花伝第四・神儀）

「河勝が神通方便」とは、河勝が早く、巫覡たちの信奉するところとなっていたことをあらわしているので、それが芸能民たちを巻き込んでいった。

秦河勝、あるいはそれに近い者、または聖徳太子の舎人が、物部守屋の頭を切った、というような征討説話は、古く聖徳太子伝暦や、上宮聖徳太子伝補闕記・扶桑略記に見えるが、すでに伝説的で、右文の「……かの河勝が神通方便の手に掛りて、守屋は失せぬ」というのはその伝説のひとつであった。古い謡曲「守屋」だと河勝は軍神的かつ仏教守護神的なすがたをよくあらわしているという。

この守屋退治の伝説は、はるかな聯合が、モリヤという語を想像力の起点として、諏訪守矢氏の敗北ということとのあいだに、行われている可能性が、無しとは言い切れないと想われる。もしそうであるとすれば、古代中世芸能民の想像力のかたちを、ひとつ明らかにすることがらであるといえよう。

服部氏「宿神論」は古代以来中世の日本の芸能民が奉祀してきた、シュクシンというもののの実態にメスを加えた。いうまでもなくサク神のすえである。古代以来の芸能者がサク神~シュクシンをいつきまつっていたということには、無視しえない重要なことがらが含まれている。芸能者の古い出自が先住民族にあり、その服属儀礼として芸能の発生がある、ということとそれは関係してくる。秦河勝を始祖として迎えとるというのは、かの木地屋職が、惟喬《これたか》親王をみずからの始祖としてあがめた、などというケースと一般であった。

常世の蟲信仰

秦河勝といえば、史上では、ただちに想い出すのが日本書紀・皇極三年七月条、「常世の蟲」を祭った「大生部多《おほふべのおほ》」を悪《にく》んで打った（うちほろぼしたのであろう）[1]という記事で、左に引いておく。

秋七月に、東国の不尽《ふじ》河の辺の人大生部多、蟲祭ることを村里の人に勧めて曰はく、「此は常世の神なり。此の神を祭る者は、富と寿《いのち》とを致す」といふ。巫覡等、遂に詐きて、神語《かむこと》に託せて曰はく、「常世《の》の神を祭らば、貧しき人は富を致し、老いたる人は還りて少《わか》ゆ」といふ。

（中略）

都鄙の人、常世の蟲を取りて、清座に置きて、歌ひ儛ひて、福を求めて珍財を棄捨つ。都《かつ》て益す所無くして、損《おと》り費ゆること極て甚し。是に、葛野《かどの》の秦造河勝、民の惑はさるるを悪みて、大生部多を打つ。其の巫覡等、恐りて勧め祭ることを休む。

これにつづいて「時の人」の作歌――

うづまさは　かみともかみと　きこえくる　とこよのかみを　うちきたますも（太秦
は　神とも神と　聞え来る　常世の神を　打ちきたますも）　（日本書紀、下二五九頁、歌番一一二）

この蟲は「常に橘の樹に生《な》る。或いは曼椒《ほそき》に生る。その長さ四寸余、その大きさ頭指許。其の色緑にして有黒点なり。其の皃全ら養蚕《かひご》に似《の》れり」とあるので、種名を決定できるのだそうだが、[2] それはともかくとして、橘の樹に生る、というのが要点で、常世から来た蟲で、常世神なのだ、というふうに考えられたのであろう。橘は、ときじくのかくの木《こ》の実《み》の生る樹で、田道間守《たじまもり》が常世から将来したとされ（記・紀）、「とこよもの、このたちばなのいやてりに、わご大皇《おほきみ》はいまも見るごと」（万葉集、四〇六三番）などとあるとおり。

大生部多は、人心をたぶらかそうとしたのではない。富と寿命とを願い、村里の人々にすすめたのである。常世信仰が最も露骨にあらわれているものとして注目すべきではなかろうか。[3]

秦河勝は常世信仰という前代なるものを打ったのである。右の「うづまさは」には、新しい強大な権威を持った存在が、前代なるものをおしつぶしてゆくことにたいする、民衆の驚嘆とも畏怖ともいえる声がかたちをなしている。

これは史上の河勝であり、前述の大荒《さけ》大明神の祭神になってゆく「秦河勝」なるものとは、一応、無関係だ。

しかし、サク神信仰も、常世信仰も、前代的なるものとして非常によく似た立場にあったと言えるであろう。

（1）秦河勝が、まるでげんこつでポカリとなぐったように、『石神問答』で書かれているのは、文献にあるとおりに受けとったので、もちろん柳田国男一流のユーモアである。

（2）益田勝実によると、「ナミアゲハの類の幼虫」である、と〔益田a〕。もっとも普通のアゲハ蝶である。幼虫は柚などにつき、ユズボウといわれる。

（3）「都鄙の人」とあるのは修辞であるとすれば、この巫覡の活躍は、一応、一地方の村落共同体的段階にとどまるものといえるかもしれない。「村里の人」云々とあるのがそれをあらわしている。しかし、中央の秦河勝と対立しているという面からみれば、村落共同体的段階を出ていることが、やはり考えられなければならない。前代的なシャーマニズム要素をバックにして成長したのであろう。大生部多は、地方の族長層に属していよう。常世蟲の信仰については、童謡《わざうた》の項目で、あとにもういちどふれる（→二二四頁）。

南のうたの方へ　神歌私注（上）

問題の所在

「国文学の発生〈第一稿〉」〔折口b〕のなかで、「以前、私の考へは、呪言と叙事詩とを全く別な成立を持つものとしての組織を立てゝ居た」といっているように、折口信夫は、その学の初期に、呪言と、叙事詩なるものとを、一応、別箇に論じていた。

「言語情調論」〔折口c〕は、いわば〈折口学〉発生以前のすがたを見せているが、象徴言語の例として、刹那的言語につづいて、託宣（歌）、呪文、さらに枕詞を説きすすめている（五三四―五三八頁）。

まだ呪言のもとに統一されていないが、三者（託宣・呪文・枕詞）が、ならばされている。〈折口学〉における「呪言」説の成立する淵源と一階梯とを示しているのだ。

叙事詩については、たとえば「万葉集私論」〔折口d〕に見ると、

> 万葉人ならびに、其以前のわれわれの祖先は、進んだ意味の叙事詩は持つてゐなかつた。そして纔かに、其祖《オヤ》の祖《オヤ》たちの生活の痕を伝へる詩があつたのである。其詩は、絶大の信仰を以て、祖先の真の歴史を考へられてゐたもので、性質からいうて、やはり一つの叙事詩であつた。かうした叙事詩が一種の節まはしのまに〳〵吟ぜられるのを、万葉びと或は其以後の人々も、かたるといふ語で表してゐたのである。このかたられた不文の「根本《ネホン》」即ち曲節以外の内容を、語り或は物語りというたのである。（一一頁）

として、その「語り或は物語り」[1]に従事したのが語部《かたりべ》だ、といっている。現代から見てけっして斬新な意見でなく、第一、それを起源的に、「神の独り言」「神の自叙伝」としてとらえていない。これも〈折口学〉発生以前の考えかたをあらわしている。

神の「自叙伝」「独り言」である、ととらえるにいたって、神語としての呪言との、統一的把握をせまられる。そこに〈折口学〉は転回してゆくであろう。折口が、叙事詩なるものを、最も起源的に、「神の独り言」「神の自叙伝」としてとらえるにいたったすじみちは、なおひとつあきらかでない。[2]

「呪言」のほうについて言えば、大正十年と、十二年、両度の琉球諸島の旅において、神の発言としての呪言なるものをなまなましく見いだしたという、大発見があった。折口の類化本能[3]からして、日本古代の（折口の考えた）叙事詩なるものの起源を、むしろ積極的に、琉球で見いだした「呪言」に結びつけようとした、とも考えられる。だから、統一的把握をこころみようとしたとき、叙事詩なるものは、起源的に、神の「自叙伝」「独り言」として見いだされた、というふうにいうことのほうが正確であるかもしれない。「国文学の発生〈第一稿〉」がつぎのようにいうのは、折口のいう文献の溯れるかぎりの古い形よりもまえの推理をあらわしているが、

> 一人称式に発想する叙事詩は、神の独り言である。神、人に憑《カヽ》つて、自身の来歴を述べ、種族の歴史・土地の由緒などを陳べる。皆、巫覡の恍惚時の空想には過ぎない。併し、種族の意向の上に立つての空想である。而も種族の記憶の下積みが、突然復活する事もあつた事は、勿論である。其等の「本縁」を語る文章は、勿論、巫覡の口を衝いて出る口語文である。さうして其口は十分な律文要素が加つて居た。

云々、ということから、叙事詩なるものが律文形式であることの起源を説きすすめてゆく

（〔折口 b〕、六六頁）。

今日、後述するように、沖縄諸島の、神託言・叙事歌謡・抒情歌謡の全貌が、真摯な沖縄学者の大きな努力によって、しだいにあらわされつつある。折口は、沖縄におりたち、八重山のおくまで這入った大正十年代の時点で、それらの存在を、どれほどまで把握していたか、否どれほど、今日それらが学的に知られるにいたった状況を半世紀以前において予感していたか。

今日から見れば、きわめて非厳密な感じのする報告だが、折口は、大正十三年頃（すなわち「国文学の発生〈第一稿〉」のころ）のある報告書で、「おもろ」と「みせせる」とをだいたい同一視して、「此は多く神によつて教へられたる歴史上の事実を伝ふる叙事詩に御座候。我が古俗、語部の語り伝へたる叙事詩が、唯一の歴史なりしと全く一つに御座候」と述べている（「沖縄に存する我が古代信仰の残孽」〔折口 e〕、七頁）。折口は、沖縄の古謡を視野にいれていた。しかし、当然、実態にまで立ちいっていない。

その実態があきらかになってくるのに半世紀の歳月をわれわれは要したのであった。しかも折口はよく予感しえていた、というふうに概していうことができるであろう。

吉本隆明の『言語にとって美とはなにか』〔吉本 c〕は、その、第Ⅴ章「構成論」で、折口の詩の発生論を、ほとんど完全に理解したうえで、重要な批判へとすすんでいる。折口における欠如は、階級・法・国家にほかならない。吉本が〝古代人の自己からの疎外〟を、折口の暗部につきつけることができたのは、私の推測にまちがいなければ、『カール・マルクス』の深度と、『共同幻想論』の浮上とのあいだに、理論的、あるいは想像的な場所としての「詩の発生」論を置いたことにある。さわりだけ引用すれば——

（……）

しかし、柳田・折口の系統は、原始信仰から土俗的な習慣へ、土俗から芸術へのいわば、ジュズ玉のような上昇を考えたため芸術のなかにも土俗が、土俗のなかにも原始信仰がたもたれる面はあきらかにされたが、部族的な社会が、そこでのじぶんのじぶん自身からの疎外が、部族民をじぶん自身にとおいやろうとする契機をみつけることができなかった。古代人たちが、じぶんを共同性からの孤立として感ずるという経路をへずしては、呪詞的体制からの律言的体制の分離、いいかえれば、天上的な体制からの現世的な体制の分離はおこらなかったのである。

（II、三二一—三二三頁）

柳田・折口の系統はこの律言的な体制というもんだいがあたえる構成を無視して、土俗共同制をどこまでもひきずったままの信仰の原型へと、その想像力と論理を遡行させた。

ここに「律言的な体制」とは、「律法」的な意味で、まえにあげた折口の引用でいえば「……皆、巫覡の恍惚時の空想には過ぎない。併し、種族の意向の上に立つての空想である」とあったようなところを、普遍的に深化させる把握であった。

ともあれ、吉本の「詩の発生」論は、あたえられた資料から、否、資料の欠如部分から、想像力のおよぶかぎりのところへ射程距離をのばして、折口以後の重要な可能性を示した。

こんな言いかたを、折口について、吉本はいう――「たとえ、今後に直接資料がほりだされて実証がこれをくつがえしたとしても、想像的真としての意味はきえない」（同、一一三頁）と。

同じ言いまわしのことが、吉本について、いま言えるであろう。すなわち、資料の欠如部分に、昭和四十年代以後、ぞくぞくと発掘され、その全貌をあらわしてきた南島古謡群は、村落国家成立期のものを多く含みこんだ宝庫としてある。

吉本の想像的真は、『言語にとって…』の完成された昭和四十年という象徴的なとしに、やきつけられているにしても、吉本以後の「詩の発生論」は、何ぴとも、日本語文学をめぐりぬくそれを打ちたてようとするのならば、南島古謡群を無視して、すでにありえないだろうと想われる。

（1）これは「語り」に限定すべきで「物語り」を除外すべきだと私は考える。
（2）人称の問題をひとつ折口は挙げている（「国文学の発生〈第一稿〉」）。そこで折口は土居光知のなまえを出しているのだが、具体的に土居がどのように人称の問題を論じているというのか、出典がわからない。アイヌ文学に神の一人称的語りを発見したのはいうまでもなく金田一京助である。あるいは金田一と土居（の『文学序説』）とがかさなったのではないか。
（3）参照、『古代研究』「追ひ書き」（『全集』第三巻）。

古代村落の隣

原始社会が崩壊して、古代社会へと移行したのは、宮古島で見るとほぼ十四世紀のころに属している。(1)

現在、村落のたたずまいは、古代社会そのものでありえないにしても、古代の村落が、すぐ隣で、息づいているといった感じがする。

祭祀が、古代さながらに生きている。(2) 祭式歌謡が秘密性を保存しながらそのなかでうたわれている。村落は、なるほど、ひらけてしまったといえるかもしれない。それならば祭祀は、時間の原初へ還ることである。そこに古代の祭祀空間を現出させることこそ、祭祀の本質であった。(3)

祭式歌謡としてうたわれる歌謡は、どんな内容だろうか。当然、神話といわれる内容の生きた状態を、(4)そこに見いだすことになるのではないか。

沖縄諸島には、そればかりでなく、それ以前的な呪禱《じゅとう》的なるものを、無数に残している。折口が呪言と称したものに無限に近いところに位置するばあいから、さまざまな変型にいたるまで。実際に神言として、神の口から発せられる、内容は下（人間）から上（神）への願いごとだが神のことばとして敬虔なあつかいをうけているのや、さまざまな祝詞のたぐい、あるいは呪詛などが、無数に残されている。

外間《ほかま》守善は、南島歌謡を、呪禱的、叙事的、叙（抒）情的、の三つに分けている。「呪禱的歌謡というのは、言霊信仰に基づいた呪言によって唱えたり謡われたりするもので」、このようなものをかぞえあげている（「南島歌謡の系譜」〔外間 a〕）。

奄美　口《クチ》
　　　崇《ター》ブイ

沖縄

オモリ（ターブイともいう）
宣《ヌ》イ言《グトウ》
御《ミ》宣《セ》セル
オ《ウ》崇《タカ》べ《ビ》
宣《ヌ》立《ダテ》言《グトウ》
照《テイ》ルク口《グチ》
照《テイ》ルル
呪《マジナ》イ言《グトウ》

宮古

フサ
崇《ター》べ《ビ》
ピャーシ

八重山

ニーリ
呪《マジナ》イ言《グトウ》
神《カン》口《フツ》
願《ニガ》イ口《フツ》

など（および宮古の「トゥクルフン」を「沖縄文学の発生」〔外間b〕のなかで外間はくわえる）。
それらの発生した時代を述べなければならないのなら、もちろん、原始社会に淵源を負っている。古橋信孝〔古橋a〕が、日本本土で、原始新嘗祭の時代を想定して、その時代（原始共同体）のうたいものを呪謡と名づけているのに相当する。
古橋は、そのつぎの段階を、新嘗祭の時代として、その時代の歌謡を土謡と名づけ、祭式以外の場でも可能になったとした。しかしこれでは、単なる、段階論ではなかろうか。呪謡のなかへ田植歌をいれてみたり、記紀歌謡を土謡や儀式詩に分類しようとした。
土謡という語を古橋は吉本隆明から得たという。(5) では『言語にとって美とはなにか』をひらいてみることにする。

ところで、わたしたちは、ここで確然たる断層にぶつかることになる。

（……）

たとえば、祭式行為にともなう言語表出が、祭りにあつまったひとびとのあいだで、ひとつの構成にもとづいておこなわれた、という時代から、〈祭り〉という文字によって、祭式行為の現実の〈場〉が文字という抽象的な〈場〉に凝集されるまでに、目もくらむほどの歳月をへたてあろうことは、たれにでも理解できることであろう。

文字の使用か。これはきびしい吉本理論だといわれなければならない。(6)

記紀歌謡という文字によってかかれた最古の詩は、詩の発生の起源を、ほとんど何ほども保存しているはずがないのである。(〔吉本c〕、II、三八—三九頁)

これは苛烈な意見だ。ものごとになにかときびしいはずの国文学徒のほとんどが、記紀歌謡の文字表記の背後に、ゆたゆたとひろがる口承のながれをうたがわず、文字表記をとおしてそのむこうにある口承歌謡の世界があらわされていると考え、口承文学論を展開しているという現状がある。吉本はそれを「断層」として、問題を二分した。これはきびしい、といわざるをえない。しかも今回の『初期歌謡論』にまで、その理論はつらぬかれることになる。(7)

このきびしさが、段階論におちいることをまぬがれさせた。吉本のいう土謡詩は、このように言われる。

記紀の歌謡は、わたしたちのあつかいかたからは、五つのカテゴリィにわけることができる。

（1）土謡詩
（2）叙景詩
（3）叙事詩
（4）抒情詩
（5）儀式詩

ここで、土謡詩とよぶのは、記紀歌謡の詩としての土台をなす表出体であり、もし、記紀の成立以前に口承の詩的時代を想定するとすれば、それともっとも、近いものである。しかし、このもっとも近いという意味にも、なお、千里の距りと質的なちがいがあることを忘れてはならない。（同、四〇頁、傍点・藤井）

しかし、私の率直な意見として、この「断層」を地道に埋めて[8]ゆかなければならないと想っている。「口承の詩的時代を想定するとすれば…」と、吉本は右のように言う。文字のない時代の詩的伝承が、単なる「想定」でなくて、すこしでも実態的に、知られる手がかりがあるのならば、文学発生論のさなかへ組み込んでゆく必要がある。

原始社会の崩壊期から古代社会の成立期にかけての伝承を、南島諸地方は、かず多く残した。外間守善のいう呪禱的歌謡から、叙事的歌謡にいたるさまざまな形態の歌謡が、口承として生きており、あるいは（文字で書くということとちがって純粋に近い採録のかたちで）『琉球国由来記』や『久米仲里旧記《くめなかざと》』に書きとどめられた。これらは、外間もいうように、「呪術→呪言→叙事詩へという文学発展のみちすじを体系化しようとした折口信夫の理論的仮説にとって、きわめて有効な実証資料になるもののよう」（「沖縄文学の発生」〔外間b〕）だ。もちろん、折口の仮説を部分的に修正、ないし批判することにも道はひらかれているはずである。

八重山は抒情的歌謡の宝庫であるが、本島や宮古以上に古代性を残している地域であろうということは充分に想像される。それならば、叙事的歌謡→抒情的歌謡という発展を想定することは、大きなところでつまずくわけで、ひいては叙事的歌謡というものの内容を厳密にしなければならないことにも通じる。

沖縄の古代社会は、今日、さながら残っているわけではまったくない。ただ、すぐ隣に、さわれそうな感じで存在している、という気がする。歴史的に、想像的に、すこしでも分け入ると、すぐにも、古代村落の、息が肩にかかってきそうに感じられるのが沖縄の現在の村々ではないか。(9)

（1）原始・古代の定義や、編年は、もとより至難のしごと。外からの規定では意味がない。稲村賢敷は、宮古における政治社会の出現を、本島より百五十年ほど遅れた十三世紀末ごろ、日本勢力の南下や、本島での政争に敗れて海外に走った人が中心になったり、刺激を与えたりしたもの、としている（『宮古島庶民史』『血族部落から政治社会へ』、〔稲村a〕、一四五―一四六頁）。

（2）近ごろでは、谷川健一が、宮古の島尻《しまじり》部落の祭祀を、生き生きした筆致で報告している。感動させられる報告であった。『黒潮の民俗学』〔谷川a〕所収。

（3）今さら説明を要しないであろう。祭祀の本質は無時間的な原初へ還るところにある。

（4）文献で知られるものをいわば神話の化石状態とみなし、説話形態で知られるものを神話の第二義的なものとみなすとすれば、「生きた状態」を祭祀のさなかにとらえるのである。後述。

（5）『文学史研究』2、「示唆を受けた」といっている〔古橋a〕。

（6）日本人が漢字をうけいれたのは四世紀だとしているのもきびしい。

（7）「歌の発生」〔吉本b1〕で、成文化における律化、韻化の契機として、漢字による表現を、共同体における宗教的な主宰者（の流れ、専門の神職）が獲得したことに、ひとつの歌の起りをみている。

（8）埋めるといっても、不整合を整合することでなく、不整合を不整合として解明すること。「断層」をいわば地質学的に解明することを意味する。

（9）早く田村浩『琉球共産村落之研究』〔田村a〕あり。稲村賢敷のマキョの研究（『沖縄の古代部落マキョの研究』

〔稲村b〕）や仲松弥秀らのグシクの研究（仲松『神と村』〔仲松a〕、同『古層の村』〔仲松b〕、友寄英一郎その他）などが、われわれの想像力を刺激する。

祖神の祭り

近ごろ出た『沖縄藝能史研究』（創刊号）の巻頭をかざる、宮古島狩俣《かりまた》部落の祖神《うやがん》祭の接近写真を見ていると、いまさらのように写真の衝撃力にゆきあたる。しかしここに写真そのものを持ちこむことは、私のばあい、ゆるされていない。

第一葉は、草の葉の帽子《かうす》をかぶり手草を持った老神女を接近した位置から撮っている。白い大衣《うぷぎぬ》をつけている。

第二葉は、大城《うぷぐふ》むとぅの中。真夜中に下山、これから神歌《かみうた》をうたいはじめるところ。十月（旧暦）からつづけられていた祖神祭のさいごの日で、ウフラマスとよばれ、十二月吉日（旧暦）を選んで行う。祖神たち、数十人、壁を背にいならぶ。

第三葉、むとぅで神歌をおわると、また山へもどってゆく。山といっても部落のすぐ裏山で、聖地だ。やみのなかへ消えてゆく祖神たちのうしろ——。その聖地こそ他人はまったく近づくことをゆるされないが、おそらく翌日まで神歌がうたいつづけられるのであろう。

第四葉、第五葉は、日の光をあびて下山してくる祖神たちと、帰りついて、帽子もはずし、祭りをおえたあとの明るい表情になった彼女たちの戸外写真。

二ヶ月にわたる祭りはおわった。そのあいだ部落にとっての祖神として彼女たちは厳重な物忌生活を耐えぬいたのである。撮影の友利安徳は、明るい表情を一様にとりもどしている神女たちの一瞬をよくとらえている。

宮古の稲村賢敷は、『宮古島庶民史』のなかで、この祭祀について、こう述べている。


狩俣祖神祭に奉仕する神女は三十名となっている。狩俣ではこれを神と呼び、男は全然祭祀には加われない。

これらの神の服装は、白麻の袖の広い神衣で「うぷぎぬ」と称する。頭には草の葉を編んで作った帽子（かぅすと称す）をかぶり、手には手草《てふさ》と称する蔓草を持つ。

神女達は祖神祭の時期になると部落の後方にある大森《ふんむい》と称する森に集まり、大城御嶽を中心とする大森の中にある数ヶ所の御嶽を巡礼して祭祀を行い、その期間内は大森の外に出るようなことはない。

祭祀の様式は遠方から窺い見ることしかできないが、神女達は御嶽の前で輪形に並び、一人の神女が中央に立って司祭の役を勤めるようである。（〔稲村a〕、一七頁）(1)

郷土史家としてその名を逸することのできない稲村であるが、遠くからしかうかがい見ることができなかった。写真が衝撃的であるとはそのような意味においてだ。

神女の選定は、古参の神女たちが協議して、新しく神女（うやがん）となるべきものは、夜なか、家族の睡眠中にうばいさられると言い、これを「神ささぎ」と称する。掠奪結婚の遺習だろう、と稲村はいう。「ささぎ」は宮古語で結婚を意味する（大神《うがん》島では「ささき」）。祖神祭でうたわれる神歌が「祖神《うやがん》のにいり」だ、と稲村は書いているが、今日では否定されている。稲村につづく、第二の採録者外間守善（および新里幸昭・本村勝史）は一九六四年七月〜八月、この「祖神のにいり」を含むかずかずの神歌を採録し、その第一報を『文学』誌（昭和四十年七月号、〔外間c〕）に、つづいて第二報を『宮古の文学』（〔外間d〕）に送っているが、「祖神のにいり」を祖神祭にうたわれる最も古いと考えられる「にいり」であるとしており、のちに訂正することになる。(2)

祖神祭にうたわれるのでないとすれば、「祖神のにいり」という歌謡名はいささか誤解をまねくともいわれる。狩俣には「にいり」がひとつしかないので、「狩俣のにいり」と呼ぶことはおかしくない。以下、「狩俣のにいり」（狩俣祖神ぬにいり）とも呼ぶことにする。

この「にいり」は、今日、『宮古島の神歌』として刊行され、活字のうえで読むことができるようになった。これの原型と見られる「まーヅまらぬふさ」など、これこそ祖神祭にうたわれる「ふさ」のすべてや、「たーび」「びゃーし」「あーぐ」のかずかずを、狩俣および池間島において採録している。[3]

外間のあたえた、宮古歌謡の史的変遷についての整理を書き出してみるとこうである（外間a）。宮古全体についての展望であるが、

- 呪禱的歌謡
  - フサ
  - タービ
  - ピャーシ
  - ニーリ（ニーラーグ）
    - 祖先神
    - 農業神

叙事的歌謡
- 長アーグ
  - 英雄讃歌
  - 生活・労働歌
- クイチャーアーグ
  - 長歌形
  - 短歌形

叙情的歌謡
- トーガニアーグ
  - 座敷様
  - 金島様
- シュンカニ

狩俣にひきしぼって、祭祀と、うたわれる歌謡との関係は、次のようになっている（外間e）。

冬祭り《フーニガズ》（祖神祭）
- イダスニガズ…旧十一月初…フサ（女）
  （始めの願い）
- ウフズニガズ…十二月下旬～一月…フサ（女）
  （送り願い）

夏祭り《ナップーズ》（豊年祭）
- ムギブーズ…三月の吉日…タービ（女）
  - （麦の祭り）　ピャーシ（男・女）
- ウプブーズ…六月の吉日…タービ（女）
  - （五穀の祭り）　ピャーシ（男・女）
  - ニーリ（男）

「祖神のにいり（狩俣のにいり）」は、夏祭り（豊年祭）に男性によってうたわれる歌謡であった。原型としての「ふさ」（まーヅまらぬふさ）を吸収しながら、集団で演唱される史歌として、部落の始祖伝承、英雄的戦闘の歴史などを語ってゆく。それが祭祀のなかに保存された歌謡になっていることはきわめて注意させられる。日本本土の古代における、村落共同体での神話や歴史伝承が、どのような理由からうたわれ、語りつがれたか、またどのような場所で保存されていたかという、現在ではよくわからなくなっている記紀以前の状況を、さながら、手にとるようにして、そこに見いだすことができるのではないか、という予想が成り立つからだ。古事記のような文献が発達してくる機制を、充分に説明してくれるであろう。

黒田喜夫は、独自の要請から、この「祖神のにいり」に接岸している（〔黒田a〕、『ユリイカ』昭和四十九年十一月号）。黒田のモチーフ――

さらに、わが北辺の唄の無声へ向うために、対する南の地の深みのうたの方へ――。

この「無声」とは、ただに北辺ばかりのことであるのか。われわれの近代をも、都会の辺境をも襲う「無声」のきりぎしから、南のうたは、やはり、ひきよせられなければならない、と私は想った。

現在のところ、無限にひろがる問題から、神話の伝承と歌謡との関係、うたの発生する理由、といったいくつかの問題に限定して、以下、私注をこころみる。

（1）いま読みやすいように段落をほどこした。

（2）「宮古島狩俣の神歌」〔外間e〕、『うりずんの島』〔外間f〕所収。

（3）宮古歌謡は、稲村賢敷『宮古島旧記並史歌集解』〔稲村c〕に最初に詳しくあつめられ（注釈もまた詳しい）、『日本庶民生活史料集成』第十九巻（南島古謡）では、総覧的に収録された。個々には稲村『宮古島庶民史』〔稲村a〕・上地盛光『宮古島与那覇邑誌』〔上地a〕・『宮古諸島学術調査研究報告』（多良間島のニルなど）といった書物中での採録がみられる。

いずみを覓《もと》めて

神歌私注（中）

神話的空間

宮古島狩俣の神話について、そのおおざっぱなイメージを、宮古高校の本永清はこのように説明している(1)〔本永a〕。

狩俣の社会は多神教であることは周知の通りである。この村落ではその内部に数十の拝所、聖所が存在し、その各々には一神またはいくつかの神々が祭られているのが通例である。ところで、この拝所、聖所に祭られている神々については、一神に対してひとつの神話が結合しているのが特徴であり、それ故に、ここの村人が所有する神話はきわめて膨大な数にのぼる。

村落共同体における信仰の構造が端的に述べられているといえよう。この「拝所、聖所」を中心にして冬・夏の祭りをはじめとする多くの願い（――儀礼）が行われる。

もうひとつ必要な予備的注意として、集落の地理的環境、および世界観についての説明にも耳をかたむけておかなければならない。本永はクロード・レヴィ＝ストロースの「双分組織は実在するか」（『構造人類学』（レヴィ＝ストロース a）所収）を応用して、双分的な世界観が、「中央」を強く意識すれば三分的な世界観をあらわすという考えに依拠し、狩俣をそのような民俗社会としてとらえようとしているが、妥当だと想われる。

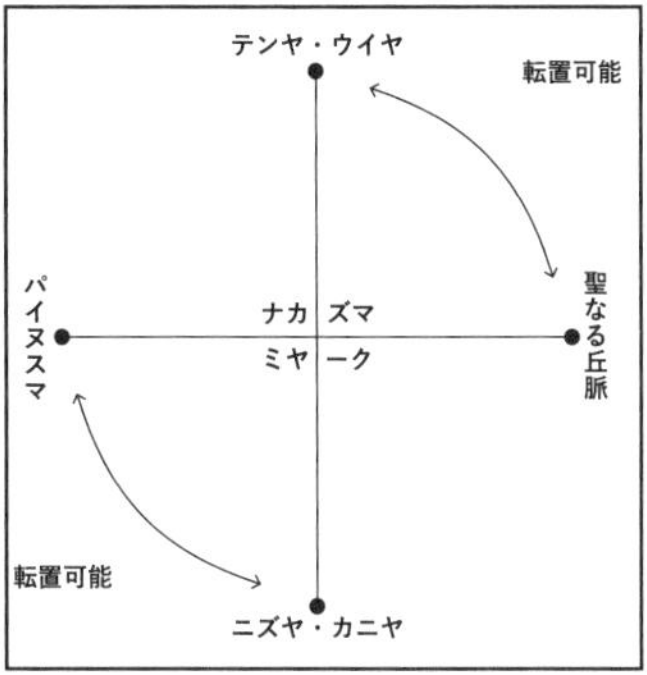

宮古本島の最北端に位置し、三方を海にかこまれた狩俣の、人家が密集した地域、すなわち村人が日常生活を営んでいる場所を、ふつう、ミヤークと呼称する。ミヤークは、最近まで、四方が小高い石垣でもって包囲されていた、という。村人の住むべき空間が定められていたわけで、外住することを禁じられていた。本永は「このことに関し、武力攻撃を防ぐためであった

と言い伝えられているが肯定しがたい。筆者は、そこに宗教的意味づけがあったと解している」と述べている。たしかに宗教的意味づけを考えなければならないが、この「言い伝え」が村人のものであるならば、それなりに言い伝えの成立する根拠は考察する必要があるだろう。(2)

ミヤークの北がわ、つまり背後に、東西に延びる丘脈が、村人にとっての聖なる場所。丘脈には、大木やかずらがおいしげり、昼でもうすぐらい感じで、ここに十数ヶ所の拝所、聖所がある。丘脈のむこうは断崖、すぐに海。大神島《うがん》を海上にのぞむ。

丘脈の拝所、聖所は、東から順にスサスグ、アーズヤマ、スマヌヌス、クルマカン、テンドウ、フンムイ、イズヌヤマなど。

スサスグは大神島から神々が辿りつく場所だと信じられている。

アーズヤマは、年に三回、豆の豊穣を祈願する場所。

スマヌヌス、クルマカンは、在来の拝所ではなく、後になって新しく建立されたもの。

テンドウは、丘脈のもっとも高い場所で、狩俣の神々が天上に昇る場所。

フンムイは、ウプフンムイとナカフンムイとの二ヶ所に分かれ、ウプフンムイは、狩俣の始祖神ンマテダとヤマヌフシライとが最初に住み着いた場所とつたえられ、ナカフンムイは、かれらがそのつぎに移り住んだところとつたえる。

イズヌヤマは、内部に三ヶ所の小屋になった拝所あり、一ヶ所は龍宮への祈願をする場所、あとの二ヶ所は冬の祭祀で神女たちのこもるところ。

拝所、聖所は、聖なる信仰の中心地であって、祭祀のときにあらずとも近づきえない場所であることはいうまでもない。聖なる丘陵にいだかれるようにして村落の生活がいとなまれている。

ミヤークの南がわは広い畑地で、東西にもひろがる労働と収穫の地域である。その南端、海岸は昔からの墓地地帯で、岩壁の中腹に掘りぬかれた墓に、村人は死ぬと葬られ、後はほとんどかえりみられなかった、という。穢《けが》れた場所として忌み嫌い、寄り近づくこともしなかった。現在はこれらの掘りぬき墓を利用することはほとんどなくなっている。「とはいえ、ここの一帯は依然として墓地地帯であり、この空間に対する村人の観念もほぼ変化していないと言える」(本永)。この一帯を村人の方言でパイヌスマ(南の島)と言っている。スマ(シマ)は領域の意味。

以上はよこの空間構成である。それにたいするたての空間はテンヤ・ウイヤ、ナカズマ、ニズヤ・カニヤの三界に区分される。よこの空間意識とたての空間意識とは、転置可能であって、本永は図のような、九〇度回転させれば両者がかさなりあう空間認識図を提出している。

(1) 以下すべて本永からの引用・説明はこの論文に拠る。
(2) 後考しよう。

村立て神話

この聖なる丘脈「大城山」の祭祀の起源を『琉球国由来記』巻二〇「神遊ノ由来[1]」はこのようにつたえている。

(A)往昔、狩俣村東方、島尻当原に、天人にてもや、あるやらん、豊見赤星テダナフラ真主と云ふ女、狩俣村御嶽、大城山に、只独住居す。赤星、有夜の夢に、若き男、閨中に忍入る歟《か》と、驚き居けるに、只ならぬ懐妊して、七ヶ月に、一腹に、男女の子を産出す。男子をば、ハブノホチテラノホチ豊見と云。此人を、狩俣村の氏神と、崇敬仕也。

女子をば、山ノフセライ青シバノ真主と云。此者十五六歳の比、髪を乱し、白浄衣を着して、こうつと云ふ、葛かづら、帯にして、青しばと云葛を、八巻の下地の形に巻き、冠にして、高こばの筋を、杖にして、右につき、青しば葛を、左手に持ち、神あやごを謡ひ、私は是、世のため、神に成る由にて、大城山に飛揚り、行方不レ知、失にける。

依レ之、狩俣村の女共、年に一度完〔宛カ〕、大城山に相集り、フセライの祭礼あり。夫《それ》より漸々、島中相広め、よなふし神遊と云て、諸村よき女共、毎年十月より、十二月まで、月に五ヶ日完〔宛カ〕、精進潔斎、山ノフセライの、裳束のやうにして、昼中は野山に閉籠り、晩景には諸村根所の、嶽々に馳せ集り、臼太鼓のやうに立備〔儛カ〕ひ、神あやごとてうたひ、世がほうを願ひ、神遊仕たる処、……

これが祖神《うやがん》の祭り、前回に『宮古島庶民史』〔稲村a〕を引いて私の述べはじめた狩俣の冬祭りの起源をあらわす説話であった。神女たちの「服装は、白麻の袖の広い神衣で『うぷぎぬ』と称する」「頭には草の葉を編んで作った帽子（かうすと称す）をかぶり、手には手《て》草《ふさ》と称する蔓草を持つ」（＝稲村）というすがたは、山ノフセライ神をあらわしていることになる。原古の始祖神を模倣する。これを、儀礼主義者ならば、神女たちの祭衣をもって山ノフセライ神に投影したものと見るだろうが、そういう断定は困難である。(2)

「御嶽由来記」（『宮古島旧記並史歌集解』〔稲村c〕所収、口語訳・稲村賢敷）というのをも見ておこう。大城御嶽の由来と祭神について――

(B)祭神は女神豊見赤星てだなうら真主と唱え船路守護並に諸願につき狩俣村中崇敬す。

由来、昔神代に右神始めて狩俣村の東にある島尻当原という小森に天降り、それから水を求めて西方に行き大城山に居住したと伝えている。彼女或る夜若男に取合った夢を見て俄に懐胎し七ヶ月目に一腹の男女を生んだ。父なき子なれば初めて見る者を父にせんと定めて家を出た所、山の前にある岩に大蛇はいかかり、彼の子を見て首を上げ尾を振って喜びの情を示す。これに依り最前の男は大蛇の変化であったことを知ったと言い伝えている。これから狩俣村は立始ったので氏神として崇敬しうやがむの祭を行っている。

これは書伝であるが、それがどのような口承から記録化されたのか、あきらかでない。(A)と(B)とをかさねあわせたような語りのかたちをとりながら、始祖神からのデセント（系統発生）へと語りすすめている村立て神話(C)が、現狩俣での伝承として、つたわっている。

それを、本永清が採録し発表している（伝承者・川満メガ六三歳）ので、とりあげてみる〔本永a〕。

(C)昔、ンマテダ（母天太）と呼ばれる母神がヤマヌフシライ（山の運命神）と呼ばれる娘神を連れて、テンヤ・ウイヤからナカズマに降臨した。しかし……

ンマは母、テダは尊称で、固有名詞的でない。御嶽由来記にいう「豊見赤星てだなうら真主」であることはうごかない。母娘二神は良い水を覓めて狩俣へ移動する。

二神が降臨した地は飲み水がなく、そこから移動してカンナギガー（湧泉）を探した。そこの水は飲んでおいしかったが水量が乏しかった。それで再び西へ移動してクルギガー（湧泉）を探した。そこは水量は豊富だったが、反対に飲んでおいしくなかった。それでさらに、西へ移動してヤマダガー（湧泉）を探した。そこの水には海水が混じっていた。それで更に西へ移動し、今の狩俣の後方でイスガー（湧泉）を探した。そこは水量も豊富で飲んでおいしかった。その近くのウプフンムイで小屋を建てて住み着くことを考えた。しかし、そこで小屋を建てる途中に、ヤマヌフシライが怪我して死んだ。……

神話(A)では、祭式の中心であるかのようであった山ノフセライ神（＝ヤマヌフシライ）が、ここであっけなく死なされているのは、この神話(C)が系譜的な語りにウェイトを置いているからである。神話の変遷史をここにあきらかに読みとることができる。湧泉やウプフンムイは、伝承地がそれぞれ実在する。ウプフンムイは、すでに述べたように重要な聖地として聖なる丘脈の中心にあり、語の意味は大国森《うぷふんむい》だと考えられる。

（1）『琉球史料叢書』二、五八九―五九〇頁。原文、かな部分はすべてカタカナ。いま改めた。

（2）総じて儀礼主義的な考えは大林太良もいうように克服されるべきだろう。参照、大林『神話と神話学』〔大林 a〕、一八―二二頁。

村立て神話・続

(C)――続き

ンマテダはひとりで暮らしてゆかねばならなくなった。長い月日が経った。ンマテダはウプフンムイからナカフンムイへ住居を移して暮らすようになった。ところがそこへ移ってから不思議なことが起った。

以下、いわゆる三輪山式神話の語り口の説話になる。宮古全体では張水《はりみず》御嶽の神話になっているのに同じ。張水御嶽は宮古島立ての神を祭るとされている聖所(1)。

ここ狩俣でも三輪山式になっており、帰ってゆく青年の右肩に千尋の糸をつけた針をさしておく。朝、戸の隙間から糸がのびていて、近くの洞穴にはいり、そこに大蛇が右眼をさされてくるしんでいる。その晩、青年がいつものようにあらわれ、自分はテンヤ・ウイヤから降臨した神であるが、かならず男子がうまれるであろう、といって消えた。数ヶ月ののち、男の子がうまれた朝、大蛇は七光を放って天上へ舞いあがった。この神はアサテダ（父天太）と呼ばれている。

神話は、さらにつづき、系譜を語りすすめる。

アサテダとンマテダの間に生まれた子供はテラヌプーズトゥミヤ（天太の大按司豊見親）と名付けられた。テラヌプーズトゥミヤはすくすくと育って、りっぱな若者に成長した。

テラヌプーズトゥミヤは『由来記』に「ハブノホチテラノホチ豊見」とあった男神に相当する。村人のえがく図像学的映像は、アサテダの子供であるゆえに、手の甲が蛇の皮に似ているという。(2)

しかし、狩俣には妻とするべき女性がいなかった。それで、テラヌプーズトゥミヤは、八重山へ渡り、ヤーマウスミガ（八重山押すミガ）という女性を娶って帰った。

二神のあいだに、ウプグフトヌ（大城殿）、ナカヤシドトュミヤ（中屋勢頭豊見親）、ヤーヌスンマ（家の主婆）が生まれた。ウプグフトヌは長男である故、地元の女性と結婚して家を相続し、そして三男五女をもうけた。マールユプズトユンシュー（廻り世大按司豊見主）、マヤマブクイ、ユマサズ（世勝り）、マーズミガ、スウイミガ、ママラズ、マカナス（真可愛し）、マーズマラである。そのうち、マールユプズトユンシュー、スウイミガ、ママラズ、マカナス、マーズマラが幼児で死んだ。一方、ナカヤシドトュミヤはビキマリヤという女性と結婚したが子供ができなかった。また、ヤーヌスンマは一生を未婚で終った。(3)

すべて狩俣村落の始祖神たちについての伝承である。このような系譜を語ることは、神話において重要なことであったと考えられる。

古事記でも本伝的な部分と系譜的な部分とから成るが、神話の語り口としてどちらがより重要であるとか、優劣をつけがたいのではないだろうか。

（1）平良港に臨む。かつては海水が中まではいってくるように岩の上にあったのが今は埋立て工事によって昔の面影をみないという。平良内すみやの里の富貴人の娘、夜な夜な若男が閨中に忍びいるかとおぼえて、只忙然と夢の心地しているうちに、懐妊する。父母の教えにしたがい、糸緒をつけた針を男の片髪に差しつける。翌朝たどってゆくと漲水御嶽の洞中に引き入り、大蛇が眼を差されていた（「御嶽由来記」）。

（2）本永前掲論文〔本永a〕。

（3）同右により子供神をさらに説明すると――

マールユプズトユンシュー、五歳で死す。世の神、五穀の神。

マヤマブクイ、兄神が死んだので、かわりに家を相続した。

ユマサズ、門番の神、ミヤークへ悪霊のはいるのを防ぐ。

マーズミガ、神歌を司る神。

スウイミガ、五歳で死す。不詳。
ママラズ、同右。
マカナス、同右。
マーズマラ、五歳で死す。機織りの神。

神歌が並行して

さて、このような内容としての神話に並行して、夏・冬の祭式のなかで、神々をたたえ、また事蹟をつたえる、さまざまの神歌《かみうた》が行われているのだ。たとえば「祓《はら》い声《ぐい》」というたーび。水源をさがして狩俣へたどりつく部分の神話がうたわれている。要旨を述べると、母の神である私は（——一人称的に語られてゆくことにきわめて注意）、はじめにタバリ地に降りて、カンナギガーの水を、美しい口に受けて飲んでみたが、水量は多くても、水の甘みがないので、別の所をさがそう、クルギガーの水を、美しい口に受けたが、水はうまくても、水量が少ないので、だめだ、別の所をさがそう、ヤマダガーの水は、水量は多いが、潮が通う水なので、だめだ、別の所をさがそう、イスガーの地に降りて、美しい口に受けてみると、水量は少ないけれど、水がうまいので、住居をこちらにさだめた、島立て・村立てをして、住み良い所だが、寅の方の風が吹いたら、潮鳴りがおそろしい。このたーびはここで切れており、潮鳴りを避けて住居をさらに南へ移す部分が欠けている、といわれる。伝承(C)とこれとを比較すると湧井のそれぞれの性格などに異同が見られるものの、ほぼ並行している。

やふぁだりる　むむかん[1]　　穏かな百神
〈はらい　はらい〉　　《囃子、以下略》
なごだりる　ゆなおさ　　和かな世直さ
てぃんだおの　みおぷぎ　　天道のお蔭で
やぐみゅーいの　みおぷぎ　　恐れ多い（弥込《いやご》めの）神のお蔭で
あさてぃだの　みおぷぎ　　アサ太陽のお蔭で
うやてぃだの　みおぷぎ　　親太陽のお蔭で
ゆーツキ　みうふぎ　　月神のお蔭で
ゆーてぃだの　みうふぎ　　太陽神のお蔭で
にだりのシ　わんな　　根立て主である私は

やぐみかん　わんな
ゆーむとぅぬ　かんみょー
ゆーにびぬ　かんみょー
かんま　やふぁたりる
ぬっさ　ぷゆたりる
んまぬかん　わんな
やぐみ　うふかんま
いツゆ　あらけんな
いツゆ　ぱづみんな
たばりジーん　うりてぃ
かんぬジーん　うりてぃ
かなぎがーぬ　みぢゅお
かんぬかーぬ　みぢゅゆ
シるまふツ　うきてぃ
かぎまふツ　うきてぃ
かなぎかーぬ　みづざ

恐れ多い（弥込《いやご》めの）神である私は
四ムトゥの神は
四威部《いべ》の神は
神は穏かに
主は穏かに
母の神である私は
恐れ多い大神は
一番新しくは
一番始めには
タバリ地に降りて
神の地に降りて
カナギ井の水を
神の井の水を
美しい口に受けて
立派な口に受けて（飲むと）
カナギ井の水は

かんぬかーぬ　みづざ
みづ　うふさやイシが
ゆー　うふさやイシが
みづ　あふぁさやりば
ゆー　あふぁさやりば
シとぅギみづ　ならん
いのイみづ　ならん
まばらむツ　かいし
あだかかみ　かいし
うすなうし　んめい
ぬイなぬり　んめい
くるぎがーぬ　みづゆ
かんぬかーぬ　みづゆ
シるまふツ　うきてぃ
かぎまふツ　うきてぃ
……（以下略）

神の井の水は
水量は多いけれども
水の甘みがないので
水の甘みがないので
この水はだめ
この水はだめ
別の所を捜してみよう
別の所を捜してみよう
押しに押し参られ
乗りに乗り参られ
クルギ井の水を
神の井の水を
美しい口に受けて
立派な口に受けて（飲むと）
……

みごとなリズムによる進行が、書きうつしてみるだけでもつたわってくるようだ。祭式が、神歌を、神歌として保存している？　いや、不用意に保存という語を使用することはゆるされない。

ヤマヌフシライの死は、「山ぬふしらジ」という、同じくたーびが、家造りのために、山を伐採することをひきうけて、不運にも死んでしまったことを、くわしく、そして美しいリズムでうたいこんでいる。「山ぬふしらジ」についてはあとでふれることにする（一〇八頁以下）。

それから「太陽《てぃら》ぬ按司《ふジ》がたーび」「八重山添《やーまうシ》みが（たーび）」などがある。神々のそれぞれにたーびが存在している、あるいは存在していたのであろう。

系譜をとりこんでうたうのには、「真津真良《まーヅまら》ぬふさ」（ふさ）や、それから「狩俣祖神《かりまたうやがん》ぬにいり」（狩俣のにいり）がある。伝承(C)と比較すると、いろいろの異同があるにもかかわらず、ほぼ、伝承と神歌との、並行として理解できるのではないか。

「狩俣祖神ぬにいり」は、全五パートよりなる。第一・第二パートのうち、第一パートは神名を列挙するようで、天の赤星、太陽の《てぃだぬ》大按司《うぷーず》豊見親、シラティ山に座す主、山のフーシラズ、マヤのマツミガ、というように呼び出し、第二パートでは大城《うぷぐしく》まだまという女酋的な始祖からのデセント（血統）を述べるもので、まばるま（長女）、まやまとぅ（長男、家の主）、ゆまさズ（男、世勝り）シシみが（女、神の誘い子＝夭折）、まかなシ（同）、まばらジ（同）、そして末娘まジまらー（機織りの名手）という二男五女を生んだことが語られ、第三パート以下へつづいてゆく。

この「にいり」は、次回以下にくわしくふれることにするが、第二パート以下において、部落の「歴史」伝承を語りつたえるものであるように想われる。しかし伝承(C)の始祖神たちの系譜と、この「にいり」の大城まだまの系譜とは、一見して近似的である。伝承と歌謡との並行は、比喩的にいえば、この「にいり」においては天上界と地上との並行であった。天上界の似せ絵として部落の長は始祖たちたりえているように見える。

それにしても、このような並行状態は、起源的にひとつにゆきつくであろう。神歌とは何か。その発生状態は？

さきに、思兼神について述べるのにあたって、言いさしている、シャーマニズムの世界をここに引き寄せてみる必要があるのだ。第一次性の神話状態は、古代の古事記などの文献を、いくらながめていても、どうしてもわからない面がある。

南島に生きる、シャマニックな神話の生存状態を、この「神歌私注」はくぐりぬけてみる。遠まわりのようであっても、対象が要請するまわりみちは、とおらなければならない。

（1）『宮古島の神歌』、一三七頁以下。口語訳もほぼそれに従う。それの引用はカタカナをひらがなにあらため、宮古独特の発音のうち、イ・ウ音の表記についてだけ逆にカタカナとした。なお、このたーびのおわりに欠落があることについて、参照、同書（解説）、三三六頁。

シルエットの呪謡

神歌私注（中の二）

巫者の領域

歌謡と伝承との並行状態を、両者のどちらがさきでどちらがあとか、断定することはきわめて困難だ。民間の巫者が祭儀や祈願そのほか言《くち》寄せ行為のときにとなえる呪謡のなかに、シマ（島・地域）の創世神話や昔話のたぐいがあらわれることについて、奄美地方からの報告がすすんでいる。奄美は、沖縄本島と、なにかがちがう。たとえば奄美・名瀬市から出ている『地点』という現代詩の雑誌、そこには奄美の神話や言語が、うるさくないていどに主題とし素材として出てくる傾向がある。『地点』に書いている藤井令一の『シルエットの島』（藤井令一 a）という詩集は、その意味で興味ぶかいのであった。

沖縄・那覇の現代詩の書き手たちの作品は、清田政信・新城兵一・伊良波盛男らがさいきん詩作品集を出している、また仲地裕子にしても、深まる拒否の感覚を「ヤマト世《よ》」と「アメリカ世《よ》」とのあいだに割られているというのか、現代詩のあまりにも現代詩的な不毛と豊穣さとをあえぎくるしむ尖鋭さにうち沈められている。

　奄美はそれとちがう。藤井令一は、島の住民の心と風土とに、「昔」が、影のように添っている古い奄美を、シルエットと言い、主題化しようとする。「それが、他の地に比べていかにも異質な多様性を持っているし、現代の文化と対等の力のバランスを保ちながら、他のどの地にもない根深い日本の原質を感じさせ幻想させているところに、深く視点がそそがれるべきであろう」（「奄美の人と風土」（藤井令一b））という。「日本の原質…」云々という言いかたは、たとえば『現代詩手帖』昭和五十二年二月号（黒田喜夫特集）で、支配体制という意味でしか「日本」という語を使用していない清田政信の文章（「歌と原郷」）と、あまりにもかけちがっている。尖鋭な詩意識の死角に、独特な別領域が、那覇からの遠心地にありそうに想われる。

　シルエットの影とは何だろうか。それは一言でいってしまえばシャーマニズムのかげりだということになるだろう。奄美や沖縄のユタ、宮古の神《カン》カカリャーなどを一概にシャーマンであると見なしてよいかどうか、多くの論者は慎重である。しかしまた、ユタや神《カン》カカリャーを含めて、南島全域の民間信仰がシャーマニズム的な性格を主核とすることはすべての論者の見るところであって、冥界の管理者であるかれらをつうじて現世と他界とが交通、あるいは支配と被支配との関係になっていることは、ひろく観察されている。[1]

折口信夫のいう叙事詩（「国文学の発生《第一稿》」）を髣髴《ほうふつ》とさせる貴重な沖永良部《おきのえらぶ》島の「しまたてしんご」は、一九六六年、ユタからの採録として報告された。[2] 島建て神語《しんご》、あるいは島建て神言《しんごん》、とも考えられている。呪謡のかたちで「島」の創世神話が語られる、というこの「しんご」は、祭儀に応じて、それぞれの呪謡をとなえたあとで、これをとなえるという、きわめて基本的なものとして観念されているらしい。

『日本庶民生活史料集成』（第十九巻）によって（機械的に）行数をかぞえてみると、二四〇行ほどの大長篇、対《つい》語、対《つい》句のくりかえしで進行してゆくもので、Ｉ金と石とを両親として生まれた（出自）、Ⅱ聖名の獲得、Ⅲ島造り、Ⅳ人種を広める、Ⅴ稲を盗む（農耕の起源）というように話が展開する。ユタはこれを節《ふし》をつけてとなえるというから、まさに呪謡と称されるべきもので、島・国を創成する島くぶだ国くぶだという神の事蹟を語るもので、三人称のようにも、また一人称のようにも語られるのは、人称の未分化な状態をあらわしているようで、ユタの語りであるのにふさわしく、折口の考えた叙事詩の管理者がだれであったのかを強力に推測させる手がかりとなる。

行文中、会話体で演唱されている箇所がいかにも劇的な進行で、小野重朗の新刊『南島

歌謡』〔小野a〕から引くと、

島「島うちゅき、呉《く》りんしょうり
　国うちゅき、呉りんしょうり」
大王「ニルヤ島には
　島うちゅきは、有《あ》いむぬど
　国うちゅきは、有いむぬど」
〔島うちゅき（島の台？）を下さい
国うちゅき（国の台？）を下さい
ニライ・カナイには
島うちゅきは有るよ
国うちゅきは有るよ〕

というように問答体の指示があるのは生き生きしてくる〔五七頁〕。

この島建ての神話が散文伝承のかたちで『おきのえらぶ昔話』〔岩倉a〕に二例ほどあり、

山下欣一が、一九七一年、新しい採集をくわえているが（「沖永良部島における創世神話と動物供犠」〔山下a〕）、この三つの伝承はいずれもユタの語りにまでさかのぼることができるという（参照、山下「神話・民話」〔山下b〕）。島建てという特殊な説話伝承であるが、本来的には祭儀のときに節をつけてとなえられる巫女の語りであった。

島建ての説話というものが特殊的でありすぎるというのならば、もうすこし昔話的な例示はないか。この方面の考察を精力的におしすすめている山下欣一の論究をここに紹介するばかりだが、それによると、奄美のユタは、呪術行為にあたって、その目的にしたがった呪詞（――呪謡）をとなえる。

たとえば奄美本島・喜界島・徳之島で、オモイマツガネ[3]の呪謡は、卜占や、成巫式、ガンタテ、ガンノーシのときにうたわれる。あたかもギリシア神話のパエトーン説話に同じく太陽の子のはなしで、ユタの祖になることから主として成巫儀礼の時に使用される。これが、昔話として、『喜界島昔話集』〔岩倉b〕に「一〇　太陽の下し《ウル》子《ガー》」として見えるとおり[4]。

また、沖永良部島の病気平癒祈願に際して豚を供犠するワーフガミにおける呪謡には、昔話集に見える「バシャフクジン」[5]（『おきのえらぶ昔話』〔岩倉a〕）の説話が、その後半部にあらわれてくるので、注意をうながされる。

こういう問題について、つぎの二点が結論的には推論できよう、と山下はいう。(6)

(一)昔話が先行して話されており、これをユタが呪詞に採用して唱えた。

(二)ユタの呪詞中にあった叙事的物語が昔話化して話されるようになった。

どちらの考えをとるべきだろうか。山下は後者（二）のほうを妥当だと考える。

ワーフガミの祈願は、まず(A)祈願詞がとなえられ、次に(B)豚の供犠がとなえられ、さらに(A)'祈願詞がなかにはいり、(C)「ウヘーフクジ、バシャフクジ」がとなえられ、さらに(B)'豚の供犠となり、(A)"結びの祈願詞となっておわる。

山下はいう。「このようなユタの呪詞の構成からみて、一回しか唱えられていないのは、『ウヘーフクジ、バシャフクジ』の話である、この部分がこの話では、重要な核の部分であると考えられる。それは、この呪詞のなかで、叙事的な部分であり、次には、豚の供犠の部分が叙事的であり、祈願詞の部分は、唱える文句を反復するにすぎなくなっているからである。」「従って、この呪詞のなかで、この『ウヘーフクジ、バシャフクジ』の話の部分が欠落すると、豚の供犠について述べた部分と祈願詞のみが残ることは、この呪詞を唱える意義を失うものであるといえよう。」「『ウヘーフグジ、バシャフクジ』が強欲であったために、…豚になった。この豚は、人間の病気になったときに身代りに犠牲にしなさいというこの話は、豚の供犠の儀礼についての基本的な考え方になっているのである。この観念があって始めて豚の供犠が成立し、実修されるものであろう。」「であるから、むしろ、この呪詞は、『ウヘーフクジ、バシャフクジ』の話がもともと唱えられていたものであったと考えていいものであろう。(7)」

この呪詞のなかの「ウヘーフクジ、バシャフクジ」の部分が、印象的に記憶され、昔話化して伝承された、というみちすじを考えることができるというのだ。ほぼいえる推定であろう。だから、

(二)ユタの呪詞中にあった叙事的物語が昔話化して話されるようになった。

ということに異議はない。そして、発生的に豚の起源説話が、一つの呪謡であることを推定してもよいだろう。豚の起源を知る、とはどういうことを意味するのか。いうまでもなく豚を人類のもとに服従させるために、その起源を知らなければならないのである。だれが豚の起源を調べたのか、知っているのか。長老たちでなければ、専門職としての巫者たちの仕事であるのにほかならない。ユタがワーフガミにおいて豚の起源説話を「重要な核の部分」(山下)にするのは、一般に起源説話の管理者がかれらであることに深く根ざしている。豚の起源説話は、人類が、豚どもに、おまえの出自をおれたちは知っているぞ、ということを語ってきかせ、服従させるための、独立した呪詞であった、と考えてみる余地がある。

このように考えることもまた、山下による重要な資料の提供と示唆とによる。山下は「奄美の『起源説話』について」（山下C）という論考のなかで、山彦《やんぱー》やケンムン（妖怪）にたいして、その出自を語ってきかせる呪詞（呪謡）をともなった昔話（——昔話とは言いきれない、というところにこそ「民間神話」を提唱する山下の眼目があるのだが[8]）をとりあげる。山彦や、ケンムンに、その出自を語る呪謡をきかせてやると、かれらはいたずらをやめるのである。奄美大島住用《すみよう》村西仲間で採話された「ケンムンの話」によると、まず(イ)太陽神によってケンムンにされた子供のことを語る昔話的な部分と、(ロ)ケンムンが太陽神の言いつけを忘れて人間にわるさをする（目をつく）ので、山で目が痛くなったとき、ケンムンになった由来の呪詞をとなえると、昔のことを想い出していたずらをやめるという、その呪詞の部分と、ふたつのパートからなる二部形式になっている。

(イ)と(ロ)とは内容的にくりかえしである。(ロ)は「もともと巫女が唱えていた呪詞で」「『ケンムン』という妖怪の起源を説く」「そして山中において『ケンムン』のいたずらを防除する呪詞であったろうと推定される」（山下）。このような呪詞（呪謡）の管理こそ巫者のやくわりであろう。豚の起源説話の管理者もまた巫者であったことにまちがいない。豚の供犠に際してとなえるそれが病気平癒祈願というアクチュアルな実修と結びついた。

折口はしばしば、複雑から単純へ、という文学の成長のみちすじを述べているが、豚の起源説話の部分が、了解済みであるとの前提がすすめば、やがてその部分が脱落し、アクチュアルな実修としての祈願詞の部分だけでもって豚の屠殺による祈願が成り立つ、という進行は充分に考えておかなければならない。豚の屠殺による祈願で、終始、祈願詩から成り立っているのはむしろ一般的であろう。[9] 発生的には起源説話を祈願詞のそとがわに了解済みのものとして疎外し、やがて儀礼化の進展とともに忘れてゆく。祈願と説話との関係は、シャーマニズムの発生現場をよく観察してみることが必要になってくる。

（1）南島のシャーマニズム的なるものの研究は多いが、私の勉強したのは、本島について桜井徳太郎『沖縄のシャマニズム――民間巫女の生態と機能――』〔桜井a〕、奄美については山下欣一〔湧上元雄と共著〕『沖縄・奄美の民間信仰』〔湧上・山下a〕ほか山下の諸論考、宮古は岡本恵昭「宮古島のシャーマニズム」〔岡本a〕など。山下は、昭和五十二年秋になって、成果の一部を『奄美のシャーマニズム』〔山下d〕にあらわし、この研究の基礎的な方向を明示した。

（2）先田光演「ユタのオタカベ―― 沖永良部島の場合――」〔先田a〕、同「沖永良部島の神話」〔先田b〕。「しまたてしんご」は『日本庶民生活史料集成』〔第十九巻〕に載せられているのを利用した。および山下欣一「『琉球王朝神話』と民間神話の問題」〔山下e〕を参照する。

（3）「うもいまつがね」〔『日本庶民生活史料集成』第十九巻、二二一―二二三頁〕。思松金という絶世の美人が太陽にさされて子供を産む説話で、弓の競争、船の競争などでは他の子供たちに勝つが、父競争で負けて、父であるお日様のところへ昇ってゆきユタとして暮らすように言われてまたこの世にもどって、ユタの祖となる……（「ナガレ歌解説」」山下、二六頁）。

（4）テダクムイガナシ（太陽）の下し子は、七つのとき、父無し子であることを朋輩から笑われ、天にのぼり、父親（太陽）に認知させる。地上で牛飼いをしていると、天から御草紙が落ちて来た、云々。子供は御草紙（一種の占者）の初めとなり、母はユタの初めとなる、という要約。参照、山下「琉球神話についての若干の問題」〔山下 f〕

（5）金持バシャフクジンのところへ、年の夜、貧しい人たちが、米とみそとを借りにくるが、貸してくれないので、貧乏人は、正月元旦に、畠で働く。太陽が降りてきて、金持ちと問答して、杖で三回打つと、豚にする。人の病気のとき、豚を殺して身代りにせよ、という要約。豚の起源説話になっているのである。

（6）山下「奄美のユタの呪詞と関連する説話群について」〔山下 g〕。

（7）同右、二〇―二一頁。

（8）昔話の概念を突破する重要な視点になると想われる。参照、関敬吾「奄美昔話の蒐集と研究」〔関 a〕。

（9）一例、饒平名健爾「シャーマニズムの考察――宮古・伊良部《いらぶ》島部村佐良浜の事例から――」〔饒平名 a〕に紹介されている宮古・伊良部島のワーガンニガイ。ワーは豚。

巫者の領域・続

民間巫者（――ひろく行われているユタという名称で代表させてよかろう）の、もっとも本領的なしごとは言寄《くち》せ行為であるということに、ほとんど異論の余地はないと想う。

実際には、かれらの呪術的行為のうち、①言寄《くち》せ行為を行うばあいはかぞえるほどしかなくなっており、②卜占、③祈願や儀礼、を行うユタが大部分をしめている、というような報告が、奄美本島の調査例として示されている（〔山下d〕、一七二頁）。①②③をそれぞれ得意とし専門化するユタの分化ということも諸所に見られるようだ。

しかし、それはあくまで分化してきたのであり、言寄《くち》せ行為をしなくなってきたのであって、本来的に①と②と③とは、統一された、ないし未分化な状態において民間巫者たるユタの機能が最も発揮されると見たい。

①②③をつらぬく性格は、冥界との交通ということであろう。こういってよければ冥界の管理を委託されているという一点で一般人と区別され、特殊化される。沖縄本島におけるユタの、マブイグミ（魂込め）の実修における言寄《くち》せを、桜井徳太郎『沖縄のシャマニ

ズム』（〔桜井 a〕、二八〇頁以下）に見ることができる。

1　ウシラビ（お調べ）

それがおわると、ユタは、冥想にふけっているうちに顔の様相がかわる。顔面がやや紅潮し、身体に震えが起こり、トランスに陥ったのか、低声でぶつぶつと何かとなえる。傍のナカムチ（仲持ち、古代の審神者《さにわ》みたいな存在）が受け答えする。それからユタの言葉はしだいに弾んで、高く、テンポも速くなり、ユタの一人語りとなる。

2　クチビラチ（口開き）

呪文（グイス）をとなえてトランス状態になり、神託がはじまる。「韻をふんだ『語り』と、琉歌の形をとる『神歌』との二つの様式がとられ、二つの方式が交互に織りなされながら展開するようである」（桜井）。

……

はいっ、いまは隠れ世、角の〔生えた〕世に生みの子を押しこめてあるといった。

いわれ（理由）は、はぁ、この手を離さないでいると、たいへんなことになりますよ。

いちじ見のがしているわけですから
はいっ、時期になりましたよ、生みの子よ。
出してあげますから
自由になりなさい、生みの子よ。
御星を確りつかみ、命を永く保ちなさい。
いまの言葉は先祖の私が言ったのですが、
わかりますか、生みの子よ。
（傍点藤井、二九二頁）

原文はもちろん沖縄言《うちなーぐち》、桜井による訳文。ここに「先祖の」とはっきり訳せるかどうかよくわからないけれども、ユタからの崇拝のことばのなかに、先祖の霊があらわれて生みの子に訓えを垂れているかたちであることは確実であろう。ただし、神（先祖）の一人称的な語りである、と断定したくないので、もっと未分化な状態にこそ神託の本質がある。

こうした言《くち》寄せは、巫者の本領といわれるべき役割である。それと、儀礼の実修における唱えごと、「しまたてしんご」のごとき、演唱としての神話を管理し、記憶しているということと、一見、別々のことのように見える二つのことが、同一の民間巫者によって統一されているというところにこそ、深く想いを馳せてみたいのだ。

奄美のユタの呪謡のなかに創世神話があらわれたり、動物やもの（ムン、妖怪のこと）の起源説話があらわれたりするのは、それが巫者の管理するところであったからである。起源説話のうちの重要なものが創世神話であるのにほかならない。沖永良部島の創世神話は、散文的な伝承と、「しまたてしんご」という律文の呪謡とが採集されたが、「すべて原伝承者はユタである。琉球王府の息の強くかかったノロ（祝女）によってではなく、民間の巫者、しばしば王府から弾圧を受けてきたユタによって伝承されていたことは、神話というものの基本形態を考える上で重要であろう」（小野a）、五九頁）。

つまり神話は、呪謡的に、まず巫者の口から発せられるという推定がここにある。散文的に、説明的に語られるのは二次的ということになるだろう。二次的であるにしても、昔話とははるかに径庭のある〝真実の話〟である。「民間神話」という用語は有効だ。この「民間神話」は、いうまでもなく巫者じしんのよく了知しているところであるから、「民間神話」から巫者の呪謡へ、という逆移行が行われる状況は、当然あると考えなければならない。また呪謡として成立するためには一回的な巫者の語りではありえないので、数代にわたり、いってみればまさに巫者集団の共同幻想として成立してゆくという状況を想像する必要がある。共同観念の所有こそ巫者の専門職化をうながす要因であった。呪謡が固定してゆく内因でもあった。

叙事の部分

神歌は、発生的に、巫者の実修のなかに保存される。儀礼化がすすんでいるからそれをはっきりさししめすかたちではないかもしれない。しかし、前回に見たように「祓《はら》い声《ぐい》」というたーびは、その主要な部分が一人称的な語りになっていて、神が良井をさがしてさすらい歩くようすを自伝的に語る歌謡であった。この歌謡が「たーび」（神崇《たか》べ）であるというところにこそ、巫者の祈願（崇べ）のなかに神があらわれ、のりうつってくる、という形式が残されてきているように想われる。小野重朗『南島歌謡』（小野a）に、

この「祓い声」は、部落草創者…が村立ての苦労を語る形をとっている。草創者自身が「吾《わん》な（私は）」という第一人称を用いて語り、しかも自身を「根立ての主《す》」「母《んま》の神」さらに「恐れ多き神」と呼んでいる。すなわち、これは草創者の霊が神となって、高級女神人に託して（依りついて）、自分の苦労を子孫たちに語っているのである。神託、神語として最も鮮明で古い形を持っていると言えよう。（六九頁）

というのはそのとおりだと想われるのだが、

このことは、これらの歌謡が「タービ」（神を崇べる言葉、歌）と呼ばれるのにふさわしくない。　（同）

といえるかどうか、神崇《たか》びのなかに神託的なものがあらわれてくるのを古さとして理解する可能性はあるのではないか。ただし、この「祓い声」が、たしかに、たーびのなかで、いささか異例な感じのすることは否めない。

もっと典型的なばあいをとりあげてみると、たとえば「山ぬふしらジ」――

やまぬふしらイざきょー（1）　山のフシラズは
ふらーぬ　うぱらジづぁ　子のオハルズは
ふらがんどぅ　やりば　子供の神だから
またがんどぅ　やりば　子供の神だから
んまぬかん　みゆふぎきょー　母の神のお蔭で
やぐみかん　みゆふぎきょー　恐れ多い神のお蔭で

ゆらさまイ　みゆふぎきょー　お許しなされるお蔭で
ぷかさまイ　みゆふぎきょー　お許しくださるお蔭で
ばがにふツ　おこいきょー　私の言うお声で
かんむだま　まくい　私の申しあげる真声で
うともゆん　とよま　お供たちも鳴響《とよ》まん
うツきゆん　みやがら　お付き人たちも名声をあげよう

うたの調子がここから変わる。多くの「たーび」が、このような転調を持っており、また囃子のことばが変わったりするようだ。内容は、ここまでが神女たちの祈願で、以下、山ノフシラズ神の事蹟を語る叙事になる。一人称的な語りにこそなっていないにしても、崇べごとのなかに事蹟が述べられてゆくありかたは、前々節に見た沖永良部島のユタの呪謡ワーフガミや、さらに前節のユタの言《くち》寄せ行為に通じる。あえて言わせてもらえば、叙事的な部分を、憑りついた神霊の自叙として一人称的に語るか、神女が叙事するかたちの三人称的な語りになるかのちがいにこだわるよりも、私は、むしろ人称の未分化状態（神霊と神女の一体化）にこそ注意したい。「祓い声」は、叙事の部分が一人称的な語りになっているのが異例な感じを誘うけれども、しかし本質上の相違ではないので、巫者の呪謡のより古いかたちを「祓い声」のうえに残し、この「山ぬふしらジ」は人称の未分化のなかで三人称的に移行しつつあるかたちを残しているのだと想われる。叙事的な部分をうしなってしまっている「たーび」もいくつかあり、それは省略された（新しいといえば新しい）かたちだとしても、それでも囃子やテンポの変化は残しているので、古形（叙事部分が存在していたかたち）をしのばせる。

「山ぬふしらジ」つづき――

……（中略）
やまぬ　ふしらイざ
ふらぬ　うふぁらイざ
ばんやらばだらい
さシやらばだらい
ぶなりゃぎとイ　とりょり
ツがとぅイ　とりょり
ただぬ　ピとぅとぅくん
ただの　かたとキん

……
山のフシラズは
子供のオハルズは
わたしならば
サスならば
裾を捲り
裾を捲り
ただのひと時に
ただの片時に

なぎゃぎでぃがらよ　　薙ぎ払ってから
シりゃーぎがらよ　　薙ぎ払ってから
やまぬ　ふしらイざ　　山のフシラズは
ふらぬ　うふぁらイざ　　子供のオハルズは
てぃんぬまま　あらだ　　天の運命でないので
うぃぬまま　あらだ　　上のまま(宿命)でないので
うぷにきし　とぅてぃが　　息が絶えて死んでしまった
まーにきし　とぅてぃがー　　息が絶えて死んでしまった
…　　…

山ノフシラズ神はこうして非命の死をとげるのである。このたーびのしめくくりは(この「山ぬふしらジ」ばかりでなく他の多くの「たーび」も同様のしめくくりかたをしているのだが——)、

……　　……
やまぬ　ふしらイざ　　山のフシラズは

ふらぬ　うふぁらイざ
んまぬかん　みゆぷぎ
やぐみかん　みゆふぎ
ゆらさまイ　みゆふぎ
ぷがさまイ　みゆふぎ
ばが　にふツくいや
かんむだま　まくいや
うとぅもよん　とぅたん
うツきよん　とぅたん
んきゃぬたや　とぅたん
にだりまま　よたん

子供のオハルズは
母の神のお蔭で
恐れ多い神のお蔭で
許されるお蔭で
許されるお蔭で
わたしのお願いすることばは
神の玉の真声は
神のお供をしました
神のお付きをしました
昔の力をとりました
根立てたまま申しあげました

というようになっている。誦唱者である神女が登場してくる形式であろう。「草創神のお許しを得て、その神のお声を私（高級神女）が代って歌いました」という意味である（〔小野a〕、七〇頁）。このしめくくりの部分はととのった儀礼の形態を示すのではないか。たれしも想い出さずにいられないのが、かの古事記のなか「神語《かむがたり》」および「天語歌《あまがたりうた》」のとじめを

なす部分、

（いしたふやあまはせつかひ）
ことの
かたりごとも
こをば

というところであるにちがいない。

さて「狩俣のにいり」では、山ノフシラズ神は、その他の神々とともに、まるで神名帳をよみあげるていどにしかふれられていないのだが、それは、この「にいり」の眼目が、第三パート・第四パート・第五パートという「歴史伝承」を語ることにあるからであろう。神名が出てくる第一パートの部分は、これだけではとうてい神話を復元しえないものであって、第一次性の呪謡でないのはもちろんのこと、「民間神話」（第二義的神話）から逆移入的に説明された謡いものでもなく、「祖神のにいり」全体の序ないし祈願詞として、再構成されたものではないかと想われる。ともあれ、第一パートを、書きとどめておく。

てぃんぬ　あかぶしゃよ(2)
てぃだなうわ　まぬシよ
〈とぅんとぅなぎ　とぅゆま〉
てぃだぬうぷーズ　とぅゆみゃよ
ういなうわ　まぬシよ
しらてぃやま　ビーゆぬシ
ふんむズん　ビーゆぬシ
やまぬ　ふーしらズよ
あうシばぬ　まぬシよ
あうシばや　かさまし
すりすばや　まさらし
まやぬ　まツみがよ
むむふさぬ　まぬシよ
んまり　まツみがよ
やすふさぬ　まぬシよ
んまぬかん　うみゅぷぎ

天の赤星よ
太陽の子真主よ
《囃子、以下略》
太陽の大按司豊見親よ
天上の子真主よ
シラテ山に座す主
国の杜に座す主
山のふーしらずよ
青芝の真主よ
青芝は重ね
すりすばは勝らし
まやのマツメガよ
百草の真主よ
生まれマツメガよ
八十草の真主よ
母の神のお蔭で

やぐみかん　うみゅぷぎ
ゆらさまズ　うみゅぷぎ
ぷがさまズ　うみゅぷぎ
みやくとぅが　いなぎ
シまとぅゆが　いなぎ

恐れ多い神のお蔭で
お許しくださるお蔭で
お許しくださるお蔭で
宮古がある限り（長く）
島がある限り（長く）
（部落の神としてましませ）

（1）『宮古島の神歌』、一一六頁以下。
（2）『宮古島の神歌』、一一〇頁以下。

英雄の死　神歌私注（下）

呪謡から儀礼へ

祭祀のなかの歌謡を、儀礼の一部であると考えるのはよい。そうであるとすれば、単純に考えられやすいこととして、神話は歌謡のなかでうたわれているから、その歌謡が儀礼の一部であるとすれば、儀礼から神話が生まれてきた、ということになり、儀礼主義的な考えにおちいってゆきそうである。それを克服するために、儀礼以前の歌謡状態を、呪謡として、いってみれば現在の祭祀のなかの歌謡のうしろに、かげのように（シルエットとして）見透かすことのできるありかたとして、ここまで追求してきた（「神歌私注（上）（中）（中の二）」）。呪謡は巫者の語る歌謡（――ウタとカタリとの未分化状態[1]）に発し、消え去るものが多かったにしても、しかし必要であったからこそ巫者は共同体のために演唱したので、それらは語り継がれるようになれば、儀礼のなかにおいて整備され、原古を再演する性格のものとして固定化してゆく。

「狩俣のにいり」は完成されたかたちであらわれている。前回に見た第一パートで神話篇を大いそぎで語りおえ、つづいて第二パートで大城《うぷぐしく》まだまの系譜を語り、第三パートはその末娘まジまらーの時代のことを語るというように歴史伝承へ移行しているが、神話から歴史へ、ひとつのにいりにしたてあげているところに、なみなみならぬ儀礼化の作為が感じられるようだ。

大城まだまの系譜は、第一パートから断絶している。独立してもうたわれたろうということは、「まーヅまらぬふさ」というふさの存在によってあきらかだ。ふさは、冬の祖神祭のときにうたわれる。ふさについて、私は意識的に（——いや、ほとんど無意識的に）、ふれてゆくのをさけている。狩俣の祭式歌謡のなかで、祖神祭のふさは、祭式歌謡以前とでもいうべき、呪謡状態にある。ふさは祖神祭のときにだけうたわれ、祖神祭において、ふさしかうたわない。祖神祭の本質は先祖（神）との合一であり、「神遊び《かんなーぎ》」である。(2)『宮古島の神歌』には、冬の祖神祭にうたわれるふさのすべてが、収録されているのかどうか、知らない。(3)そうであるにしても、岡本恵昭の指摘するふさの二種別ということには、重要な示唆を含むであろう。つまり「神託がなければ謡う事の出来ない『フサ』と、口承されて謡われるフサの二種類があり、前者は神がかった時、後者は、その状態に近い時に現われるもので、口承可能なフサとなっているものに限って公開されるものである。前者は、即ち神がかりの段階でのみしか聞く事が出来ず、したがって秘事であるし、後者はフサの主が口承可能な限りでの公開であるという区別があって、フサの内容や意味にも、それぞれ異質なものがある」(4)と岡本はいう。

この説明で、よくわからないことがあるといえばある。岡本のいう「神がかりの段階でのみしか聞く事が出来」ないふさというのは、即興に近くまさに発生状況にある呪謡なのか、それともやはり詞章のある程度さだまっているもの(――で『宮古島の神歌』などに収録されたりしているようなもの)なのか、よくわからない。わからないけれども、ふさが、かず多く、『宮古島の神歌』によれば、一五篇、「継母《まーま》ぬふさ」などいろいろあるが、それらは神託状態のなかであたえられてかずをふやしてきたのであろう。神託状態というのは、おそらく無から生じるのではないはずで、先祖の事蹟の記憶が、謡われたその時点にあらわれる。岡本のいう二種別ということが、たといはっきりしたかたちでは成立しないあいまいな区別けであるにしても、鬱勃とした発生状態にある呪謡を状況的にとらえようとするのに際して、重要な示唆を提供するのであって、神託状態のなかに呪謡が発生し、しだいに固定的になり、口承されてゆくのである。岡本のいう二種別は、移行的なものとして、とらえかえすことができるのだ。

「狩俣のにいり」は、呪謡的な「まーヅまらぬふさ」を、その第二パート、第三パートにかかえ込んで、いわばみずから史歌になっている。『宮古島の神歌』の「解説」がいうように、このふさは、「狩俣のにいり」の、「2章、3章の中に再生産されて重要な史歌としての役わりを果たしており、フサからニーリへの伝わりとして見逃がせない」（三三四頁）。

（1）さしあたり非日常的言語であると考えておく。二元論的にいえばこれにたいして日常的言語がある。われわれは古代世界について、しばしばウタとカタリとを対立させて考えがちであるが、おそらくそれは事象の反面しか見ていないので、記録の裏面に消え去っている（記録を要しない）日常的言語の世界を想いみるべきだ。しかし二元論におちいってはならない。タブー状態にあるのが非日常的言語の世界で、タブーの解かれたのが日常的言語の状態である。

（2）参照、岡本恵昭「宮古島の祖神祭」（岡本b）。宮本演彦「南島村々の祭り」（宮本a）には、「仄聞するところによれば、

○戯れに女同志で婚礼の儀を行なったりする。

○ある期間断食して、その後、クムンジョから出てきて、（中略）乱舞することもある。」（四頁）

というように書かれている。

（3）各ムトゥでうたわれる神歌がさらに報告されている。新里幸昭「宮古島の神謡――狩俣部落を中心に――」（『日本神話と琉球』〔新里a〕）のなかの「フサ」「タービ」一覧表参照（一〇三―一〇四頁）。
（4）↓注（2）の岡本論文〔岡本b〕、一七七頁。

宮古島の史歌

まことにそのとおりに、史歌といえば、われわれは宮古のそれを第一に想いおこす。日本語圏内において、他府県においてはもちろんのこと、沖縄全域においてもほかに見ることのほとんどできない史歌が大発達をとげている。いや、大発達といってよいのか、われわれのすぐに頭に想いうかべるのは「仲宗根豊見親与那国攻入のアヤゴ」〔慶世村恒任『宮古史伝』〔慶世村a〕〕の勇壮な戦闘の叙事詩や、「可憐なる鬼虎の娘を歌ひしアヤゴ」〔同〕のような、あわれをさそう、長い形式のあやごである。「あやご部」という職掌が神歌を司ったようだが、そのなかで史歌的なあやごは、島を統一した覇者のかたわらで保護され、整備されていったのであろう。(1)

しかし、――いまわれわれの眼のまえに置いている「狩俣のにいり」は、狩俣という宮古のなかの最北辺にある一部落に伝承されている祭式歌謡である。古代的な村落共同体における祭式のなかにうたいつがれてきた。その第三パートは、前半部と後半部とにさらに分けることができ、前半部は「まーヅまらぬふさ」に相当する部分で、機織りの名人としてまジまらーの名声が、宮古全体はもちろんのこと、とおく沖縄にまで、根《にい》の島にまで鳴りひびいた、ということをうたい、後半部は、「ふさ」にない部分で、狩俣と、他の部落の軍勢との、戦闘のことがうたわれている。村落共同体は、他の共同体とのあいだに生産関係の矛盾や強弱によるある種の破綻がすすめば、戦闘を受けいれなければならない。四囲にめぐらしてあったという石垣はそういう軍事的な意味を一面で、やはり有していたであろう(2)。

ありていにいって狩俣は戦闘に敗北し、強者のもとに服属した。「祖神のにいり」第三パート後半部をなす戦闘をうたう史歌の部分は、同じ戦闘史歌であっても、敗者がわからの、しかも古代的な村落共同体のほうに残されたありかたとして、「与那国入り」のような段階の戦闘史歌とはちがう。配属させられた村落共同体が、そのような史実をどのように受けいれ、歌謡へと上昇させてゆくか、きわめて興味ぶかいものがあるといわなければならない。

史歌ないし叙事詩なるものが、なぜ必要とされ、所有されるにいたったか、ということについての原初的な意味ないし発生の理由を考えてみたいのだ。歴史として戦闘のようすや勇者のなまえを後世に残すために？　一面、それはあるだろう。「与那国入りのあやご」などは、はっきりと覇者がわからそうしたうたとして整備され、士族階級の確立と維持をはかるというねらいが感じられる。(3)けれども私の知りたいことは、何といったらよいのか、歴史意識以前の、もっと熱い叙事の欲求、譚詩へのやみがたさといったこと。

とにかく「狩俣のにいり」の第三パートにふみこんでみるしかない――

(1)アーグ（あやご）は宮古で広く歌や歌謡をさしており、はばひろい。民間起源で、いわゆるワザツタ（童謡）のような性格を有していた、やはり神託的なものに起源を負っているらしいが、独立に研究を要する。語源「綾語」説　は付会にすぎない、と想われる。「あやご部」は、与那覇原軍を撃って最初に島を統一した目黒盛が、神事を取扱うカムイビの組織を三つに分けて、カカリ部・アヤゴ部・ブドリ部としている。「カカリ部は神がゝりして神託を宣る役目、アヤゴ部は神の徳をたゝへて之をアヤゴに歌ひ、ブドリ部は之に合せて踊ると云ふ」（『宮古史伝』、八〇頁）。

(2)前々回に述べたように、四囲にめぐらしてあったという石垣について、「武力攻撃を防ぐためであったと言い伝えられている」（本永清）という。もちろん、その反面に、本永のいうような宗教的意味づけを考える必要があることを認めなければならないが。

（3）戦闘に参加した武将や巫女のなまえをうたいこんでいる。

勇者をうたう

まジまらーは大城まだまの末の娘で、機織りの「手勝り」（名手）であった。早計は禁物である。歴史上、母権制ないし女系の優勢な時代が存在していた確実な証拠は日本の古代に見いだされない。末子相続制のようなことが、大城まだま——まジまらーの系譜のうえに反映しているかどうかということもまた、まったく断定できない。

南島諸地域に普遍的に見いだされるのは女性の霊的優位性であって、断定してよいことはそれのみであり、大城まだまが、いわれているような女酋的な存在であったかどうか[1]ということは、無意味な推測である。系譜が女系からはじめられていることについて、たったひとついえることは、大城まだまが母であること、それだけであった。

母として、二男五女を生んだ。そのうち二女・三女・四女を夭折させている。夭折するこどものことを「かんぬさ」（神の誘い子）という。女の子を三人も神の誘い子にしたすえに、ついにまジまらーを生む。

まジまらーが　てぃまさりゃーが
　やれくぬ
とぅいんぬぬ　ゆんたらーぅ
　たてぃばん
みゆとぅぬぬ　あまギぬぬ
　たてぃばん
ピとぅいうズ　シかまうズ
　あーらだ
みゆとぅぬぬ　あまギぬぬ
　うりゃツみ
うりゃツみてぃ　しらツみてぃ
　がらや
うぷぐふん　さとぅんなか
　むちんみゃい
ふたいギん　あわシぎん

マズマラーが　手勝りが
　やれこの(2)
十読布　読み揃えて
　立てて
夫婦布　あまぎ布
　立てて
一日織り　昼間織りを
　したから
夫婦布　あまぎ布
　織りあつめ
織り集めて　作り集めて
　からは
大城に　里なかに
　持ち寄りなさって
二重衣　袷衣

ぬりゃツみ
ぬやツみてぃ　しらツみてぃ
がらや
まんみぅき　まふギさぎ
みーりば
あてぃぬかぎ　どぅキぬかぎ
かりば
みやくとぅなぎ　シまとぅなぎ
とぅゆたり
にしまがみ　しらツがみ
とぅゆたり
うキながみ　うまいがみ
とぅゆたり
とぅゆんとぅり　みゃがズとぅり
うらまち

縫いあつめ
縫いあつめて　作りあつめて
からは
ま胸にかけ　ま首にかけて
みたら
あてに美しく　あまりに美し
かったので
宮古のあらん限り　島のあらん限り
鳴響《とよ》んだ
根島まで　しらつぃ（根島）まで
鳴響んだ
沖縄まで　（王の）御前まで
鳴響んだ
鳴響み　見揚がりつづけて
下さい

以上が前半部。前半部と後半部とは、女―男、機織り―戦闘、という基本的な対応になっている。後半部にはいる。

　シむジあか　シがまあか　　下地の奴ら　洲鎌の奴ら
　まばから　　　　　　　　　から
　ピさらうや　ピさらとぅぬ　平良親　平良殿
　とぅぬや　　　　　　　　　殿は

「親」「殿」という敬称は、士族にたいする称であるという。それはそうであるが、いま敵対する戦闘の相手をそう言うのは、端的にいってそれに服属させられたことを意味している。士族にたいして村落共同体がたたかったわけではない。たたかいによって優位な軍勢に打ち負かされ、それに服属させられたという結末を「親」「殿」はあかしている。平《ぴさ》良《ら》（＝ひらら）を中心とする島内の覇権がそのような戦闘によって産み出され、士族が確立してゆく。

平良殿というのが、具体的にどのような軍勢であるのか、わからない面もある。稲村賢敷の解釈によると、この両句の意味は、「平良に首領が居って、下地、洲鎌等の所領地の者を狩り集めて、諸部落を攻略した与那覇原軍の襲撃を歌ったものである」（『宮古島旧記並史歌集解』三〇五頁）という。たいした問題ではないが、平良殿というのが与那覇原軍であるかどうか、ほんとうは断定できないように想われる。

『宮古島旧記』によると、狩俣村の小真良はい豊見親は、おそろしき呪咀の達人かつ占いの名人で、糸数大按司を、「平良へ参る途中そのり嶺にて」呪いをかけて殺している（同、一七頁）。不服従であった。糸数城はいまの宮古島市西仲宗根にあったという。与那覇原軍をやぶった目黒盛《みぐらもり》は平良の根間を本拠地とする。はじめて島内を統一した。目黒盛の一子真角与那盤殿の嫡子普佐盛豊見親のもとに狩俣村の女性が宮仕えに出ている（同、二九頁）。このころまでに狩俣の服従があったと考えられる。平良殿は、与那覇原軍であるよりも、目黒盛か、その系列の軍勢である可能性がある。

戦闘が行われた。その戦闘について、相手が与那覇原軍ならば与那覇原軍でいっこうにかまわないが、しかし、「与那覇原軍の狩俣襲撃を打ち攘った」（稲村、解説、同右三〇二頁、「攘」字は「壌」字になっているのをいま改める、傍点藤井）、というのは、はたして言えるであろうか。「撃退することができた」（『宮古島庶民史』二四頁）というのは正確だろうか。なるほど、歌謡そのものは「敗北」をうたっていない。平良殿が、戦闘をしかけるところ——

かうてぃがら　いぢてぃがら
　くくる
ピさらうや　ピさらとぅぬ
　とぅぬや）
（シむジあか　シがまあか
　まばからかうかにが　いじかにが
　まばから
ピさらうや　ピさらとぅぬ
　とぅぬや
むぬズやま　むぬシやま
　やりば
ぬぬとぅらでぃ　たまとぅらでぃ
　キたんむ
買うというのでしたら　呉れろというの
　でしたら(3)
買うとも呉れろともいわないで
平良親　平良殿
　殿は
物恨み　物猜みする奴
　だから
布を取ろうとて　玉を取ろうとて
　来たのだろう

掠奪に来たのである。部落の危機であった。まやのまぶこいは勇士としてたたかう。

まやぬまーぶ　とぅゆんまーぶ
くズざ(4)
ならぐとぅん　さシぐとぅん
あらだ
ならぶばが　うやぶばが
ツみゃーん
やらぱズでぃ　やらとぅんでぃ
みーりば
んなばシぬ　ぱるばシぬ
うざむや
いんぬいーぬ　ふツんきゃーぬ
みツぎゃどぅ
いツんなり　からんなり
たちゅりば
まやぬまーぶ　とぅゆんまーぶ
くズざ

まやのマブコイは　鳴響むマブコイは
汝（自分）のことでも　指すことでも
ないのに
自分の叔母が　親叔母が
ために
家から走り　家から飛んで出て
みると
虚端《むな》の　原端の
野郎ども（を駆りあつめて）
海の上の　向いあっている
所（渚）の満つまで
稜威《いっ》になり　力になり
立っていたので
まやのマブコイは　鳴響むマブコイは

ややピとぅキ　さとぅむとぅん　　家まで一息に　里元に
　ぴゃりみゃい　　走り帰って
ならかたな　さシみジら　　己が刀　差す剣を
　とぅりさし　　取り差し
うぷぐふん　さとぅんなか　　大城に　里なかに
　ぴゃりみゃい　　走り帰って
ならかたな　さシみジら　　己が刀　差す剣を
　ぬーぎゃぎ　　抜いて
たうきゃくーる　ピとぅズくーる　　一人の兵　一人の兵を
　くるばし　　倒して

それで狩俣部落は侵略者を「打ち攘った」のだろうか。この第三パートのしめくくりは以下のようである。

まやぬまーぶ　とぅゆんまーぶ　　まやのマブコイは　鳴響むマブコイは
　くズざ

みやくとぅなぎ　シまとぅなぎ　宮古のあらん限り　島のあらん限り
　とぅゆたり　鳴響んだ
うキながみ　うまいがみ　沖縄まで（王の）御前まで
　とぅゆたり　鳴響んだ
にシまがみ　しらツがみ　根島まで　しらてぃ（根島）まで
　とぅゆたり　鳴響んだ
とぅゆんとぅーり　みゃがズとぅーり　鳴響み　見揚がりつづけて
　うらまち　下さい

まやのまぶこいについてのしめくくりは、第三パート前半部をなすまジまらーの名声が鳴りひびいたというのに同じで、歌謡であるから、こういうくりかえしは、自然な方法であった。これによれば、狩俣は、侵略者にたいして「敗北」していない。

歌謡はむしろ侵略者を「打ち攘った」かのようにうたっている。けれども、はっきりとそのようにうたいこまれているわけでもない。つまり、これは、厳密な意味で、史歌ではないであろう。史実を厳密に表現しているのではなくて、史実を歌謡のなかに転回させてうたっていると考えてみる余地がある。史実がまったく逆転されているわけでもなかろう。

この戦闘によって、部落は、征服者の支配下に服属したが、相対的な独立は保たれたのである。服属はした。しかし勇士はたたかった。まやのまぶこいは（「たーび」にもかれをたたえたものがあるが）もしかして戦死したのではないか。勇敢なたたかいによって、部落は「敗北」したにもかかわらず相対的な独立をたもった。

歌謡がうたわれなければならないとすれば、右のような素地を考えてみるのが一番説明のつくことだと想われる。勇士の死をこの歌謡はうたっていない。だがこのような歌謡がうたわれることじたいに、死者にたいする鎮魂性が感じられる。勇士の戦闘と、部落の平和が保たれたこととを御嶽にまします神々に報告するのだ。鎮魂性がすすめば、そして霊魂観が一転すれば、『将門記』や『平家』語りのようなものへ展開してゆくのだろうが、そのばあいは唱導文学として、語りは村落共同体のそとへ出る。

右にこころみた考察は古事記をはじめとする古代文学・古代歌謡の成立を考えてゆくうえでの重要な「原型」を示しているように想う。「狩俣のにいり」はまだ第四パート・第五パートを残している。部落の発展途上をうたいつづけており、興味がつきない。

（1）女酋なるもの（女按司）がいたことは確実であるが（砂川村上比屋の女酋うまの按司とか、新腰《あらうす》の女按司とか、『宮古島庶民史』（稲村 a）、一〇三頁、一八一頁など参照）、女酋から男酋へ、という変遷は証明されない。女酋が出現するのは、特殊な事情や条件下において女性の霊的優位性があらわれたものと見るほうがはるかに現実的であろう。大和中央の古代史もそのような見方を支持しよう。

（2）口語訳は、ほぼ『宮古島の神歌』に拠り、稲村訳（『宮古島旧記並史歌集解』の「解釈」）を参照して、私解をくわえる。

（3）稲村によると、「買いたい、又貫いたいという訳なら、此方も心次第で呉れてやらんこともないが」の意。「くくる」は「心」。

（4）ズ音は宮古方言における独特なもので、語中のイ音・リ音のところにあらわれる一種の母音である。南島方言全般にオ段はウ段になるから、こい→くい（→くズ）となる。

寿と呪未分論（上）

読歌の二首

ヨミウタは古事記（允恭条）に「読歌」として二首出ているけれども、もちろん「読」字は解釈された字面であって、それにとらわれないようにしよう。ヨムの語義は深い多層に暗く下りていて、容易につかめない。

ウタをヨム

（たとえば、『書紀』巻三、神武即位前紀条に「謡」字を注して「謡、此《ここ》に宇《う》哆《た》預《よ》瀰《み》と云ふ」とあり。）

数をヨム

（＝かぞえる、の意味。「あらたまの月日余《よ》美《み》つつ…」『万葉』四三三一歌など。）

経文・詩文・祭文・宣命文をヨム
（＝朗読する・代読する、の意味。平安時代の語例として見える。）

など。

書簡や物語草子は「見る」というので、ヨムものではなかった。書簡や物語草子をヨムばあいは、読んできかせる意味になっている。神谷かをるによると、それも姫君に女房が、帝に臣下がヨミきかせるという、身分の高い者のために低い者がヨムばあいが多く、また「うた」についても同様のことが指摘されると言い、ヨムという語に「謙譲的ひびき」があったのかもしれない、と述べていることは、重大な示唆を持っているから、記憶しておくことにしよう(1)。

『記』允恭条のヨミウタについて、宣長の見解はかならず参照されるところであるから、引いてみる。

読歌《ヨミウタ》は、楽府《ウタマヒノツカサ》にて他《ホカ》の歌曲《ウタ》の如く、声を詠《ナガ》めあやなしては歌《ウタ》はずして、直誦《タダヨミ》に読挙《ヨミアグ》る如唱《ゴト》へたる故の名なるべし、凡て余牟《ヨム》と云は、物を数《カゾ》ふる如くにつぶ〲と唱ふることなり、〔故《レ》物を数《カゾ》ふるをも余牟《ヨム》と云り、又歌を作るを余牟《ヨム》と云も心に思ふことを数《カゾ》へたてて、云《ヒ》出るよしなり、(2)…〕

この説明は、土橋《つちはし》寛が『古代歌謡と儀礼の研究』（土橋a）のなかで指摘しているように、従いえない。「ヨムが普通の歌のような律調でなく、朗読するような調子を意味するならば、歌を『謡』うことを『宇哆預瀰』といったり、後に歌を作ることをヨムというようになるはずがない」（三五八頁）という土橋の批判でつくされている。ウタとトナエゴトやカタリとの未分化状態はたしかにあろう。発生段階において大いに考えてみるべき状態である。しかしヨミウタという「うた」と称せられているのだから、他の歌曲のようには歌わずして「直誦」するものだという宣長の説明はいかにも苦しい。歌謡ではない歌謡、などという自己矛盾的な存在が古代歌謡の時代にありえたであろうか。

ともあれ「読歌」二首を書き出してみる。

こもりくの　はつせのやまの　おほをには　はたはりだて　さををには　はたはりだて　おほをにし　なかさだめる　おもひづまあはれ　つくゆみの　こやるこやりも　あづさゆみ　たてりたてりも　のちもとりみる　おもひづまあはれ（こもりくの　泊瀬の山の　大峰には　幡張り立て　さ小峰には　幡張り立て　大峰にし　仲定める　思ひ妻あはれ。槻弓の　伏る臥りも　梓弓　立てり立てりも　後も取り看る　思ひ妻あはれ）

（古事記、二九七頁、歌番八八）

こもりくの　はつせのがはの　かみつせに　いくひをうち　しもつせに　まくひをうち　いくひには　かがみをかけ　まくひには　またまをかけ　またまなす　あがもふいも　かがみなす　あがもふつま　ありといはばこそに　いへにもゆかめ　くにをもしのはめ（こもりくの　泊瀬の川の　上つ瀬に　斎杙を打ち　下つ瀬に　真杙を打ち、斎杙には　鏡を懸け　真杙には　真玉を懸け、真玉如す　吾が思ふ妹　鏡如す　我が思ふ妻、在りと言はばこそに　家にも行かめ　国をも偲はめ）

（同、二九九頁、歌番八九）

前後の説話（軽太子・軽大郎女事件）から切りはなして歌謡だけ取り出してみることがゆるされるのは、この二首の歌謡が「読歌」であるという指示を、『記』が記述された時点における現行曲の説明であると考えるばあいで、おそらく他の用例（「天語歌」とか「天田振」とか、その他）とともに、その考えかたは正しいであろう。一般に古事記の性格は、祭祀にしろ、氏姓にしろ、制度にしろ、現行されていることについての起源の説明説話である。「読歌」であるという指示は現行曲であることをあらわしている。

かく歌ひて、即ち共に自ら死せたまひき。故、比の二歌は、読歌なり。

内容的にこの二首は恋歌である。土橋寛は、ヨミウタを、寿歌、祝歌の意味であるとし、「古事記」の『読歌』は内容的には恋歌であるが、ヨミウタの歌い方で歌われたことによる名称であろう。これがヨムの語義変化の第一である」（土橋a）、三六一頁）と考えた。

内容的に寿歌、祝歌だという「本義」から、その「歌い方」で恋歌をもうたうようになっている変化の段階をとらえようとする土橋の論法は巧妙である。

問題点の第一は、ヨミウタの本義が寿歌、祝歌であるか、どうかということだろう。再検討してみて重大な反証が出てこなければそれでよい。ヨムという語の深みを可能なかぎりでさぐりあててゆくことの必要性。

第二に、「ヨミウタの歌い方」とは何であるか。『記』の「読歌」は結局、現行曲の曲調をあらわした言いかたなのであろうか。

（1）「平安時代言語生活からみた歌と物語」（神谷a）。
（2）『古事記伝』三九、『本居宣長全集』一二、（本居宣長a）、一二三頁。

ヨムの原意味

ヨミ歌が、寿《よみ》歌であるというなら、まず、そのような語構成の歌謡名がほかにありうるかということについては、倭建の望郷歌（歌番三〇、三一）のあとに「此の歌は思国歌なり」とあり、クニシノヒ歌である。また建内宿禰の雁の卵の条の歌謡（歌番七三）のあとに「此は本《ほ》岐《き》歌の片歌なり」とあって、ホキ歌は寿《ほき》歌であった。書き出しておくと――

ながみこや　つびにしらむと　かりはこむらし（汝が御子や　遂に知らむと　雁は卵産むらし）(A)

雁が卵産するという祥瑞をうたった片歌でホキ（寿）という名称にふさわしい。ヨミ歌のもうひとつ知られている確実例は『琴歌譜』中の「正月元日余美《よみ》歌」で、あきらかに賀正歌であった。

そらみつ　やまとのくには　かむからか　ありかほしき　くにからか　すみかほしき
ありかほしきくには　あきつしまやまと（そらみつ　大和の国は　神からか　在りが欲し
き　国からか　住みが欲しき　在りが欲しき　国は　蜻蛉島大和）(B)

これは倭建のクニシノヒ歌にくらべられる。歌番三〇のほうを引いておく。

やまとは　くにのまほろば　たたなづく　あをかき　やまごもれる　やまとしうるは
し（大和は　国のまほろば。畳なづく。青垣。山ごもれる　大和し美し）(C)

たまたま同じ語構成かと想われる歌謡名を(A)(B)(C)とならべてみると、その内容にいたるまで国家の平安をうたう讃《ほ》め歌であるという共通点が濃厚に見いだされる。ヨミウタというのが寿歌《よみ》であるという語意を持っていることはうごかない。

允恭記の「読歌」もまた、寿歌《よみ》とは遠くかけはなれているように見えるけれども、

……

在りと　言はばこそに

家にも行かめ　国をも偲《しの》はめ

という歌いおさめたところにはるかな脈絡をよむ。国讃め歌と望郷歌とのかさなり、そして望郷歌と恋歌とのかさなりについて、多言を要しないだろう。「思ひ妻」とは、旅の安全のために、クニ（故郷）に残してきた、厳重に物忌み生活をしている妻である。「恋ひ」も「思ひ」も、遠く距離のはなれているかなたへ魂を飛ばす精神の呪術であって、やや感情がすすめば恋歌として成立してくる。妻は故郷に置かなければならなかったので、源氏物語でも光源氏が紫上をなぜ京都において須磨・明石への途についたか、——旅の古代心性が深く宿っている。クニが故郷→国家へと転回すれば呪歌的な性格が国讃め歌になってゆく理屈は見やすい。

……言《こと》をこそ　畳と言はめ、我が妻はゆめ　（歌番八六）

……後も隠《く》み寝む　その思ひ妻あはれ　（歌番九一）

思国歌に「畳なづく青垣」と言い、九一番歌で「畳薦《たたみこも》平群《へぐり》の山」とうたわれるのは、畳にこもって物忌み生活をする妻への連想である。「但波比嬬《いはひつま》」（万葉一二六二）「わぎもこはいつとかわれを伊波比麻都良牟《いはひまつらむ》」（同三六五九）とうたわれている「斎《いは》ひ妻」というのに同じだ。

ヨムは「忌《い》む」と関係ふかい語であったであろう。語幹「ヨ」「い」はおそらく同系列で、「い」は形状言「斎《ゆ》」と同一語であり、右に述べた「いはひ妻」の「いはふ」という語も「斎《い》はふ」であった。「はふ」は「幸《さき》はふ」「霊《ち》はふ」「生業《なり》はひ」などの「はふ」「はひ」に同じ、接尾辞。

「いふ（言ふ）」という語の語幹「い」にもかかわっているはずで、口に出して言いたてることは、本来的に呪的な行為ではなかったかと考えられる。ヨムという語と語型分化がすすむ以前の イフ・ヨム両語は近かった。

ヨムは、もし漢字を宛てるとすれば「呪言《よ》む」とでもするのが本来的な、原初のニュアンスであったと考えられる。ことばに呪力をこめて発言することで、賀歌にもなりうるのであった。賀歌はその呪性によって賀歌たりえている。

延言による再活用ということがいわれる。たとえば、

マツル→マツロフ

祭祀（マツル）を共同にすることによって服従（マツロフ）をあらわす、というように意義分化が語型変化や延引、音韻移動をもたらす造語法の一種で、
イム（忌む）→イモフ（斎ふ）
ノル（宣る）→ノロフ（呪ふ）
というようなオ段に延《は》うかたちと、
カタル（語る）→カタラフ（語らふ）
タル（足る）→タラフ（足らふ）
のようにア段に延うかたちとがある。ア段に延うかたちは物事の継続をあらわすらしい。ヨムはヨマフという語型になるだろう。
ヨム→ヨマフ
呪的な意味の方向が「世迷《よま》ひ言《ごと》」という語には残っている。もちろん「世迷」という字面は宛て字であって、ヨマフという語に言《こと》がついたのであろう。ヨムという原型においても、ぶつぶつと勝手に言い立てるという感じの意味があったと考えられる。ヨマフということばについて柳田国男にくわしく論ずるところがある。(1)
奄美地方のゆんぐとぅは、精霊に呼びかけたり、精霊が寿詞を述べたりするようなはるかな原型を持ちつたえているように観察されるが、ヨムという語を説明してくれそうだ。

（1）『毎日の言葉』（柳田b）。しかし、いま述べたように、ヨマフはヨム（呪言）という語義から出た語であろう。現代語「よまいごと」は、ひとり言にぐち・不平・くり言をいう意味で、「よまをつく」「よまを言う」ともいう。ちなみにぐちというのは、言《くち》から来ていることばで、役に立たないものをがら（←骸）・だま（←たま）・がに（←蟹）・どり（←鳥）・ざま（←様）・などと濁っていうのと同じ語成立。くち（言）→ぐち（むだ言）。愚痴は宛て字。

ゆんぐとぅ・ゆみぐとぅ（奄美）

ゆんぐとぅは『日本庶民生活史料集成』（第十九巻）に、奄美市名瀬根瀬部周辺（大和村国直や奄美市名瀬知名瀬などを網羅した――）の、明治後期から大正にかけてのころ、盛んに誦されたものをあつめている。要するに子供のくちずさみであって、古い固定的な詞章でなく、むしろ生きた現行的な唱えごとであり、呪的な心性を残していること、および「ゆんぐとぅ」という語が、ここで注意される。子供の世界は呪的な心性を色濃く残した。

ユングトゥは子供の詩であり、願望であり、まじないであり、祈りであり、投げ言葉である。要するに子供のあらゆるくちずさみであるが、それは単なる話しやことばではなく、多少なりのリズムとメロディを伴うことばである。一括してわらべうたと言ったものの一切である。

（恵原義盛「ユングトゥ　解説」、同書二〇八・二〇九頁）

奄美のわらべ歌や「口むとぅ（呪言）」を田畑英勝の新著『奄美の民俗』（田畑a）もまた、かず多く採集していて、興味がつきないが、それらを「ゆんぐとぅ」と呼ぶかどうかは示されていない[1]。

呪詞や呪歌のたぐいがかつて子供の世界の独占物でなかったことはいうまでもないだろう。ゆんぐとぅという語は子供の世界の唱えごとにかぎらなかったはずで、ヨム言《ごと》あるいはヨミ言《ごと》の、南島音韻化したのではないかと想われる。

与論島にはゆみぐとぅという呪詞があるという。それならばヨミ言というのがもとのかたちであった。山田実『与論島の習俗と言語の研究』を土橋寛（土橋a、三五九頁）の引くところによって、産湯のあとのゆみぐとぅというのを見ると、寿詞というよりは呪詞であって、呪詞《よみごと》とでも字を宛てるべきもの。それが寿詞《よみごと》でもあるのであった。ヨミゴトとはまさにかくのごときものだという原型をそこに見いだす。

土橋前掲書から孫引きしておくと、産湯を済ませた赤子を寝かせ、カラ竹・阿旦《あだん》・サーラキ（刺のある蔓草）を束ねたものを枕元のつくえのうえにおいて、つぎのようなゆみぐとぅを唱える。

ウラにコレ付《チ》きらむ。木ぬ精《ムヌ》、草々ぬ精《ムヌ》ぬ出じてぃ来《ク》ぬ如《グトゥ》、カラ竹ぬ節々《ブシ〱》ぬ如伸《ヌ》びり。阿旦ぬ如島ぬ垣なり。サーラキぬ如広《ピル》がてぃ、にぎ出《イ》じり。泣きよ、泣きよ。（訳文、略）

このゆみぐとぅという語が、奄美本島ではゆんぐとぅとして子供の呪的世界に残ったのであろう。

1 鳥獣に対する投げ言葉ユングトゥ
(イ)家畜へのユングトゥ
(ロ)野鳥に対するユングトゥ
(ハ)虫類に対するユングトゥ
(ニ)その他の動物
2 植物に関するユングトゥ

3自然に関するユングトゥ
4治療的まじないユングトゥ
5他シマの人の悪口ユングトゥ
6遊びユングトゥ
7イショロバンサユングトゥ
8手毬唄（マルウチユングトゥ）
9お手玉唄（ドロズアシビユングトゥ）
10子守唄
11その他のユングトゥ

123などは、精霊たちに呼びかけたり服従を誓わせたりする呪言性がよく残されている。5は、やはり、ことばの呪力によって他者をおさえるのである。そうしたことばの呪力がいかに信仰されていたか、「さか歌」（逆歌、の意であろう）や、「さか唄の予防歌」というのが知られていた。「ヨソジマ（他部落）に行ってウタアソビをするときは、その土地の人が、いつ歌の中にクチ（呪力）を入れて、自分を危険におとしいれるかもしれないから、常にわが身を守る歌を、しっかり頭の中にたたき込んでおかなければならなかった」（小川学夫「奄美の歌謡――その呪術性と歌掛きのこと――」（小川a）、三二八頁、徳之島の古老からの聞き書き）(2) と報告されている。

鶏

とぅりぬ　くめ゜かむっと　　鳥が　米喰うぞ
わらんきゃ　　童達
うえ゜よー　わらんきゃ　　追えよ　童達
ふっふっ(3)　　ほーほー

これは高倉下で籾摺りなどを母達がやっているときに鶏が来るのを追いはらうように唄うものだが、指で米搗きの真似をする指曲げ遊びのときにもうたう。

太陽呼びまじないユングトゥ

て゜だ　て゜だ　て゜ーれ゜　　太陽　太陽　照れよ
はぶら　くっちぇ゜　かまそ　　蝶々　殺して　食わそ

冬の小春日和に、太陽が翳ると寒い。子供達はこのゆんぐとぅを唄って日の照りを待つのだという。

動植物や自然との交渉、ことばによるはたらきかけがこれらのゆんぐとぅには見られる。寿詞とはいえない。寿詞以前のものだが、祈願をこめた崇《たか》べ言に近づいている。ないし崇べ言になっているので、寿詞の成立してくるみちすじはおおよそあきらかだ。

（1）『集成』のほうでゆんぐとぅとして採録しているもののうち、たとえばからすにたいするゆんぐとぅは、田畑の著書で「わらべ歌」の項（住用村・城）に、くしゃみ止めまじないのゆんぐとぅは、田畑の著書で「口むとぅ（呪言）」に入る。後者は「くしゃみをした時のたぶぇ」（名瀬市）とあり、『集成』と田畑の採録とで、唱える順序などに異同がみられるけれども、口唱文芸であるから当然である。「たぶぇ」は崇《たか》べで、おなじく唱えごとであるおもりもまた「タアブエ、オターブエ」と言う（小野重朗『南島歌謡』、四九頁）。

（2）「さか唄の予防歌」は田畑著書（二九〇頁）による。危険におとしいれるのがさか唄なのか、それを逆転させるのがさか唄なのか、小川の文章からはちょっとわかりにくい。

（3）「め」「え」は中舌母音。後出の「て」「れ」も。

ゆんぐとぅ・ゆんぐどぅ（八重山）

ゆんぐとぅ（ゆんぐどぅ）と称される唱えごとは八重山地方にも広く見いだされる。一見して、同じ「ゆんぐとぅ」という語で呼ばれているのに、はなはだしい内容の懸隔が感じられるので、呆然とさせられる。南島全体の、いわば北端と南端とに、はるかにへだてて見いだされるふたつの「ゆんぐとぅ」。おそらくはなはだしい内容の懸隔とは、そのままふたつの地域のはるかな空間上のへだたりをあらわすにちがいない。

この両者を統一した視野におさめる必要がぜひあるだろう。ゆんぐとぅ（奄美）についての語源の説明は、ゆんぐとぅ（八重山）においても説明のつくものでなければならない、と想われる。八重山のゆんぐとぅに呪言《よみごと》ないし寿詞《よみごと》的な性格を見いだすであろうか。喜舎場永珣はこのように言う。

ある郷土学者が深く研究もせずに「寿詞《ヨゴト》」であると自分の研究論文中に発表してあったので、私はこれは「寿詞」ではないと思い、これを早稲田の本田安次氏に質問したところ、氏は「寿詞ではなく日本本土の〝早言葉《ハヤコトバ》〟の一種であろう」と言っておられる。……

八重山におけるユングドゥは胸中にたぎった感情をユングドゥ体の曲調をつけて語り、あるいは謡うものと、また一つはその土地の方言をむき出しに立板に水という調子ですらすらと語るという工合に語って一同をわっと笑わせるものである。……

要するに、諧謔的な面白さのある戯言を巧みに使用している一種のユーモアの情緒に富んだ早言葉の一種であろう。……

このユングドゥを本田安次氏は「誦言《ユングドゥ》」という当字で発表されておられる。

（『八重山古謡』上、〔喜舎場a〕、五三頁）

と。

ヨミゴト↓ユングドゥという訛転はここに認められる。本田安次が「誦言」と宛て字したのを『八重山古謡』は採用している。ヨムの語義を「誦《よ》む」、朗読する・発音する意味であるとして、内容から本土の「早物語」のたぐいに比較した。

「誦言」という宛て字は「誦《よ》む」という意味をひきあてているのであるから、ここでは従いたい。それゆえ早言葉、早物語との類推についてもまた保留せざるをえない。しかしヨミゴト→ユングドゥの訛転を認めていることについては、もしそれが言えるとすれば、奄美地方のそれと同じ語成立であるということになる。

宮良安彦《あんげん》は八重山方言動詞「ユムン」に注意を向ける。その、ゆんぐとぅやゆんたの「ゆん」について、石垣方言の動詞「ユムン」の連体形「ユム」に「クトゥ」や「ウタ」がついた、としている見解(1)によれば、ユングトゥは、ユムグトゥで、本土方言にひきあてればヨミゴトであるよりはヨム言《こと》に近い、ということになろうか。

八重山方言動詞「ユムン」について、宮良の説明に耳をかたむけてみる。

「ユムン」には、喜舎場先生の言われるように「読む」の意味があるが「言ぅ」の意味もある。例えば「ムヌ　ユムン」は反対ごとを言うとか、ぐずぐず一人ごとを言うの意である。また、子供が親に駄々をこねたり、わがままごとを言うのを、「ユングトゥ　スーン」と言っている。（『集成』「解説」）

ゆんぐとぅの「ユムン」が「言う」の意味で、ゆんぐとぅは「一人ごとを言う」の意から来た、という見解は正しさを射あてているようだ。ただし、前々節にそっと示しておいたように、ヨムという語とイフという語とは、語幹「ヨ」と「イ」とが交替したので、同一系列の動詞ではなかったかと私は考える。本土語では別語のように固化してしまっていても、八重山方言では、両者が、深く交渉した状態になっているのではないか。宮良が述べようとしていることはそのあたりの微妙なニュアンスではないのか。ユムンという語に、いわば言い立てる、呪力をこめる意味があるのだろう。『沖縄語辞典』の「ユヌン」（読む）の項目においても、「しゃべる」という意味が登録されているから、八重山地方だけの特有の用法ではない。

ヨムについて、もう一度くりかえすと、ことばの呪性を発揮させるという意味で、延言するとヨマフという語を考え出すことができる。ヨマヒ言《ごと》というのは一人ごとにぶつぶつとぐちを言うことで、文献上、中世にはあらわれた。しかし文献にあらわれなくても古代語であろう。ヨマヒ言《ごと》の意味と、宮良のいう「ユングトゥ　スーン」という使いかたにおける「ユングトゥ」とは意味上の近さがあきらかだ。

ゆんたについて、竹富島では「ゆいうた」ともいうことから、宮良は『八重山文化』論文でも「結い歌」説（宮良当壮）にこだわる。ために混乱を示している面を持つかもしれなくて、再検討の必要がありそうである。私にとりたてて意見があるわけではないが、「ゆんた」と「ゆんぐとぅ」とは、語構成的に同一であるのにちがいないから、竹富島の「ゆいうた」は、音韻変化の面から「ゆんた」との関係を追求すべきで、「結い歌」説は棄て

去られるべきだろう。(2)

(1)ゆんぐとぅについては宮良「ユングトゥ　解説」(『集成』、七五六頁)、ゆんたについては、同「沖縄八重山諸島の歌謡文芸——八重山歌謡あよー、ゆんた、じらばの語源——」(宮良a)による。

(2)奄美に「家建祝唄《やたてゆあ》」というのを田畑『奄美の民俗』は採録している(あしび歌、二八五頁)。「いわう」という語と関係があるかもしれないとは想われる。

寿と呪未分論（下）

ゆんぐとぅ・続

毎回、自分のよくわからないことばかりを、くるしみながら書きすすめている。わかったように書いているのではない。疑問を、こじおこしているのにすぎない。

大年の客

年の夜にもれっくゎ《乞食》が、
「宿を貸してくれ」といって回ってきたそうな。どこへいって頼んでも、
「年の夜の人が」といってだれ一人宿を貸してくれなかったので、貧乏暮しをしてい

る人の家にいって、
「宿を貸してくれ」といったところが、その家の人は、
「かわいそうに、年の夜というのに、もれであってもかまわないからとめて年をとらせてやろう」といって、
「宿を借りなさい、私がここで年をとらせてあげるから」といってとめてやったら、
もれっぐゎは大変喜んで、その夜はそこにとまり、あくる朝、犬と話をして犬にくそをまらせたち《（ひらせた）》。その犬ぐゎ《（いぬころ）》にくそをまらせる時に、
「この家内《やうち》は金持ちになれ」とゆんぐとぅしたところが、その犬ぐゎがちゅっきり、《（一切れ　二切れ》たっきりと《とそのように》そんなに《つぎつぎと）》くそをまったところが、それがみんな黄金のくそで
もうその宿を貸した家の人は大金持ちになったそうな。

（田畑英勝編『奄美諸島の昔話』〔田畑b〕、一三七 - 一三八頁）

右の「ゆんぐとぅ」の部分は、原語り手のことばのままか、わからない。傍点は勝手に私が附したので、田畑は（呪言をとなえた）と傍注をほどこしている。ゆんぐとぅはこのような呪文を意味した。

この『奄美諸島の昔話』を読んでいるうちに、雀のことを「ゆむんどぅり」と呼ぶこと

をも知った（二一八頁）。さっそく『沖縄語辞典』にあたると、雀は「jumudui kuraa」とあり、jumudui の説明は「（名）鳥め、鳥をののしっていう語。…（二）【古】雀」とある。ユムとかユンとかいうのは悪罵・嫌悪の意をあらわす接頭辞であるという。ユムドゥイは、おしゃべり雀、といった意味になろうか。呪文的な発言をする、というヨムの原意から、悪罵・嫌悪をあらわすことばが転生してきたのだと考えることは可能だ。

そして、一方の、八重山のゆんぐとぅ（ゆんぐどぅ）は、洗練されたスリリングな発展をしめしていて、早言葉・早物語のような内容であっても、一人語りでこっけいな面を含む形式は、古い感情を残していると考えられる。ゆんぐどぅは、早言葉・早物語のようだというより、むしろ、逆に、それは本土の早言葉・早物語の発達の底にあるものを説明してくれるであろう。

こっけい性、狂言的な面については、そういう性格がむしろ古い感情に存することを知っておくことにやぶさかでありたくない。

ユングトゥは、滑稽、諧謔を生命とした歌謡で、農作物の予祝祈願などを謡うアヨウの謡われる時とか、生年祝いの席上などで余興の一つとして、一人で抑揚をつけて語られる語り物形式の特異な歌謡である。

（『集成』、七五五頁）

宮良安彦の解説は、いささか問題なしとしないので、「…アヨウが謡われて後に、一座の雰囲気を和らげるために語られるものである」（七五六頁）とも「どっと笑いを起こさせてその場の雰囲気を和やかなものにするところに生命がある」（同）ともあり、その「余興」性を強調している。しかし、現在「余興」化している事実をもって、それが「生命」であったとは断定できない。笑いは神々の世界から、ずっとつづいてきている。饗宴の中心にある笑い、それは神々の、あるいは神と人とのえらぎ、歓笑であって、宮良のいう、ユングトゥは、「一人ごとを言う」の意だ、というのはよいが、そういう一人語りと、それによってまきおこす笑いとは、神々の世界を復元する方向をめざしているので、単なる「余興」ではない。

ゆんぐどぅのなかには、内容的に、昔話や物語と、交渉を持つばあいがあり、昔話や物語の成立を考えてみるための手がかりを提供してくれる。笑話は、けっして本格昔話からくずれてきたものでなく、こうしたゆんぐどぅのような何かに保存されて、古い感情の世界からずっと持ちきたらされたということがわかる。

ざんかみやゆんぐどぅ（川平）

崎枝《さきだ》ぬ東《あんた》ぬ
名蔵《なぐら》ぬ西《いん》たんが
ざんかみやまぬ
ゆうりんどぅ
聴《ずく》だる耳《みん》や
ぱらなー
足《ぱん》ぬ走《ぱ》り
走《ぱ》ったる足や取らなー
手《てー》ぬ取り
取ったる手や
食《ふぁ》はなー
口《ふちぃ》ぬ食い
食ふだる口や
すんぐらるなー
なーにぬすんぐられー

崎枝村の東方
名蔵村の西方海岸に
ザンナマと称する儒艮《じゅごん》が
漂着していると人々の話
その聴いた耳は
行かずに
足が走って行った
走った足は取らずに
手が捕った
捕えた手は
食わずに
口が食ってしまった
食べた口は
殴られずに
腰の筋肉が殴られた

すんぐらりだなーねー　殴られた腰筋は
泣な口ぬ泣き　泣かずに口が泣いた
目《みー》とぅ鼻《はな》とぅ　目と鼻とは
すぶっとぅなったゆーしぃさり　しとしとになったそうであるよ

右は『八重山古謡』(上)(五二―五三頁)に拠った。『集成』(七三二頁)は、同じく『八重山古謡』に拠っているはずだが、異同が見られるので(たとえば「ゆうりんどぅ」→「ゆりうんどぅ」など)、『集成』収録の段階で、どれほど手がいれられたのか、それとも誤植をまじえているのか。

しめくくりをなす「…ゆーしぃさり」は、ゆんぐどぅのひとつの特徴のようで、「ゆー」「ゆーひされー」「しぃされー」などともあり、早物語や昔話のしめくくり部分などにくらべられる。語るものであることを意識した指標なのであろう。ゆんたにそれは見られないようだ。ゆんたは「ゆん歌《た》」で、語るものではないからだ、と想われる。

唱えごとからうたへ

奄美のゆんぐとぅ（呪言）は、シャーマン発生以前の段階をなす庶物の精霊の生きていた世界を髣髴とさせる。

それを、ふつうに言いならわしているアニミズムという語でここでもあらわすことにする。それはひとつの固有の世界であり、単なる未開の一段階なのではない。だから、単純な段階論によってアニミズムの段階と、シャーマニズムの段階とを分けることをするつもりはないが、アニミズムが、シャーマン発生以前の信仰をなす、固有の世界としてあり、シャーマニズムの母胎であったということを認めたい。

それは唱えごとであった。唱えごとはまだうたというほどのものでない。うたとうた以前の状態との未分化な世界について、充分に想像をめぐらしておくことが必要だ。そういう未分化な状態から、一方で、語りものとか、昔話を語るとかいった、散文文学への接近ということが出てくる。八重山のこっけいな語りごとが、奄美の呪言と同じようにゆんぐとぅ（ゆんぐどぅ）と呼ばれていることには、深くてたどりにくいけれども、たしかにつづいている淵源があるので、それは呪的な唱えごとであったということになる。

唱えごとからうたへ、という発展成長は、そうした呪的な唱えごとの管理者がはっきりしてきてからあとだ、と想われる。これはごくおおざっぱな推定でしかない。さしあたり、祭式歌謡の成立は、巫者の成長とともに、唱えごとからうたへ、神がかり状態のなかにおいてあたえられる神言、ひいては神話を保存し、口承的に記憶するために、対《つい》句、律文が発達してゆくプロセスのなかに行われた。このことは、祭式のそとがわにも、民衆生活のなかのうたの発達をうながしたであろう（傍点部分、次節に叙述）。

呪的な唱えごとを専門的に管理するようになってきた管理者とはシャーマン、巫者であるが、その始原状態について、ほとんど知るところがない。文献上にあらわれるのは、すでに成長したシャーマニズム形態におけるそれである。現代に残るシャーマニズムの諸例を併考するしかないが、おそらく原シャーマン的存在がシャーマニズムのなかのシャーマンへ成長してきた重要なきっかけは、村落共同体が、部落の内部でも、外部でも、諸矛盾をかかえ込むようになったときであった。

おもり（奄美）、みせせる（伊平屋島など）、おたかべ（本島ほか）など、唱えごとは村落共同体のなかに分出された祭祀集団の管理するものとして成長したと考えられる。

のりがみのおもり

おぶちとき　しなて　　オボツ〈天上〉の時に　合せて（撓て）
かくらとき　しなて　　カグラ〈神座〉の時に　合せて（撓て）

のろのりま　のり
ざはのりま　よせれ
おがねあん　かけて
なむざあん　かけて
まはるびや　まをのそ
ましりげや　げおのそ
あぐみ　よらよらと
たぢな　よらよらと
のろや　うまのりあわし
さき　ななそ　ひきはせ
あと　ももそ　ひきはせ
ぢらてんの　とまり
ぢらてんの　みなと
うだもどせ　もとろ
うだかえろ　かえろ

祝女《のろ》の乗馬に　乗り
（ざは）の乗馬　寄せよ
黄金鞍　掛けて
銀鞍　掛けて
真腹帯は　麻の糸
真尻繋は　麻の糸
鐙　よらよらと
手綱　よらよらと
祝女は　馬に乗り合って
先に　七十人　引きつれ
後に　百人　引きつれ
ギラテンの　泊に
ギラテンの　港に
さあ戻せ　戻ろう
さあ帰ろう　帰ろう

（『集成』、五頁）

唱えごとは、このような対句構成にあって、うたの未開状態にある。祝女《のろ》の乗馬すがたは、神の出現し、また帰還するすがたそのものであった。大和中央でも、平安時代以前からうたわれた神楽歌が、神の乗馬姿をうたっている。地方の神楽歌でもそうだし、長野県下伊那郡阿南町新野《にいの》の盆で、明けに新盆たちを送り出すのにその乗馬姿をうたう和讃もまたその一類だ。

つぎにみせせるは、みせぜる（みすずり、みすずろ）ともあり、『琉球国由来記』その他に、「昔ノ神託カ」として見える。しかし、重要なことだと想われるのは、一応、「神託」と切りはなして、詞章内容を熟読すべきことであるのに、「神託」ということに論者たちはひきずられすぎている。みせぜるという語の語源についても、「み宣《せ》る」→「みせぜる」説や、巫覡の身ぶるい説や、いずれも「神託」という発想からみちびかれている。新野の雪祭りの田遊びの詞章に「小せせり事」というのがあるが、そんなのとの関連を追求することも一方法としてあろう。

神言・神託、つまり神のことばとして信じられている、という意識上の事実は存在していた。その内容は祈願詞であったり、讃めごとであったりする。八重山のまやの神の「神口《かんふつ》」は、神の言葉であるというのに、その内容は神への祈願や讃美に終始している、という。このばあいは、シャーマニズム以前の、精霊の群行と家讃めという段階を考えてみる余地があるのでいまは措く。みせぜるは神託で、おたかべは神への崇《たか》べ言、という分類にもかかわらず、両者の内容にほとんど区別が見いだされない、いずれも祈願詞的だということについて、どう考えたらよいのだろうか。

世紀の難問であるが、私は、さきに見た、巫者が神がかりになってゆくプロセスを、ここにもういちど想い出してみたいので、先祖神の霊は、いきなりあらわれるのでなく、祈願や呪文を経て神がかりにしだいになってゆき、やがて霊の発することばがあらわれる。これを類推させてみることができるならば、祈願詞や讃めごとがさきにあり、そのなかに神言・神託は出てくる、という構造が見えてくる。

儀礼のなかに固定してしまったものしかわれわれの眼にふれていないけれども、発生状態からいえば、崇べ言がさきに存在していて、それのなかに神言・神託があらわれるということではないか。儀礼のなかに固定化するのにあたって神託ともされ、崇べ言ともされていったのであろう。神そのものでもあると観念される祝女《のろ》たちの唱えることばであるから、神言であるとも、祈願詞であるとも、区別はきわめてあいまいになっていて、詞章のなかの行為や動作のひとつひとつが、神の行為か、祝女の行為か、神じしんの述べている一人称的語りか、祝女から讃めたたえて述べている神々の行為か、区別できない。祭祀の言語はわれわれのまずしい近代的文法を役立たなくしてしまうのだ。

たけないをりめ《折目》（みせぜる）

けふどまや　けふゑがや
仲田みやの　なざがみやの
まやのかみ　いぢき神
年が三年　げになるきや
屋部のひやが　やぶのしが
のごそとて　をこそとて
野はるおて
をぢれごと　そしれごと
あかつばにや　にらいに通し
……（以下略）

今日の日は　今日の吉い日は
仲田庭の　祖先の広場で
真親の神　威力ある神を
じつに三年ぶりに（祭る）
屋部の大親　屋部の主が
野糞、御糞をとって
野畑にて
悪口、そしり言は
蜻蛉羽が　ニライに通し(1)
……

（『集成』、三三六頁）

浜下りの御たかべ言

むかし始り　けさし始り
あまみや始り　しねりや始め
あや嶺井の大ころう
まきよの根のまころくか
とゞの　かとのに
おし立　より立ろ
あかぐちや　せるまゝかなし
生口　始め口や
あかるいの　こもくぜの
まなかから　ましたから
こゝろ生　すぐれ生　めしよわろ
おとじや三ところ　ここし三ところ
ちるやにいまふれば　かなやに
　いまふれは
おとまのこゝし　わかまのこゝし
なかはい　ちなかにいまふれば

昔、昔の始まりに
あまみ・しねりの始めに
美しい嶺井部落の父長
部落の本家の真男子が
台所の　かまどに（?）
祀りあげる
赤口　火の神さま
その出身は
東方の　美しい瀬の
真中　真下から
心勝れて生まれなさった
姉妹三人の乙女
ニライ・カナイに
　居られる時は
若い乙女の姿
大空に居られる時は

とびやい　まやいの司かなし　　　　飛合い、舞合いの様
けふのかほ時に　なまのよかる日に　今日の果報時、吉日に
おしられ　おみのけやへら　　　　申しあげましょう
……（以下略）　　　　　　　　　　……

（『久米仲里旧記』[2]）

（1）「ニライに通し」は、お通し所をとおしてニライ・カナイへ送りとどけること。その交通に、とんぼの羽が使われる。屋内の「をぢれ言」は火の神（ぜるまま）がカナイに通す役目になっているが、火の神はつぎのおたかべに見えるように、ニライ・カナイの出身。

（2）訳文は小野重朗『南島歌謡』（四四－四五頁）にもとづき、『久米仲里旧記・神名歌謡索引』（高橋俊三）を参照する。

祭式外歌謡の発展

いま、前節に、「このこと（＝祭式歌謡の成立）は、祭式のそとがわにも、民衆生活のなかのうたの発達をうながしたであろう」と述べたとき、私は八重山のあよー、じらば（で

ぃらば）、ゆんたのたぐいを漠然と想いうかべていた。

私はけっして発展史観の持ち主ではないつもりだ。うたといわれるほどのものが、人類のごく未開の段階からなかったかどうか、それはまったくわからない。なかった、と断言することはけっして出来ない。たしかに、みせせるや、おたかべや、奄美のおもりを、諸書に読みあさってゆくと、そうした信仰上の唱えごとのなかから、うた的なものが生育し、抒情歌を産み出してくる、というおおすじは、うごかしようがない。しかし、現代人からみてうたと称してもかまわないほどのリズムや、抒情的なありかたが、ごく原始的な段階からなかったかどうか、乱暴な断定はつつしむ。発生における性牽《けん》引説だって、けっして無意味な屁説だとは想われない。八重山のじらば、その他、性的交歓をあからさまにうたう歌謡など、けっして新しい感覚から成長してきたものでなく、万葉集の東歌的世界にかようと注意されているけれども、そういう民謡的なものを生いそだてるエネルギーは、歌垣などの信仰的起源からだけでわりきれないので、歌垣にしても性牽引を重要なエネルギー源にしているであろうから、うたの発生ということを、信仰的起源から、一義的に決定してゆくことは、とうていできない相談だということになる。

八重山の抒情的歌謡の大発達ということは、それだけ固有の、おそらく古代的世界の残存の一パターンとして、考察すべきことだと想う。池宮正治のいうように（池宮 a）、四四頁）、史歌の未発達という反面からこれを考察することもできる。ただ、八重山の歌謡を見ていると、とばりゃーまなど、洗練された歌謡にまで、古代をわれわれは感じてしまう。叙事歌から抒情歌へ、といった単純な展開を考えているとわけがわからなくなってくる。

いまのところ、まったく私の勉強がすすんでいないので、これ以上、八重山のうたについて言及することができない。地元の若い学徒の、どんどん取りくんでほしい課題が山積《さんせき》していているように私には見うけられる。外間守善は、「…節歌とのつながりでみるとき、アヨーがいちばん古く、ジラバ、ユンタの順に新しくなると考えられる」〔外間a〕と述べているが、そのように推定してよいのか、若い学徒の意見を聞きたい、と私はふと想う。

あよー、じらば、ゆんたといったジャンルひとつひとつのなかに、たとえばゆんたならゆんたをとりあげると、原成立的なゆんたと、新しいゆんたとが混在しているようだ。『八重山古謡』や『集成』で見ていると、長いゆんたもあるようだが、いま中松竹雄「古謡の言語構造」〔中松a〕というのを見ていたら、「juNta（ユンタ）の形式は、短かいのが特徴のようである」とあり、また「ヤラブ種《だに》」というゆんたを紹介しているが、悲しい子守唄であって、ゆんたの既成概念からは異色な印象を受ける。こうしたゆんたは、ゆんたのなかの原型的な感じのものなのか、それとも節歌などにむしろ近い、傍系的なものなのか、そうしたことはついに地元の研究家にゆだねなければならない問題である。

更級日記の猫

最初に述べはじめたヨムの追求から、別の方向へ話題が移行しはじめている。ゆんたの性格がもっとはっきりすればよい、ということが今後の課題として残された。

大和中央にはよごと（寿詞・吉事・賀詞など）というものがあり、折口信夫が最大重視していることはいうまでもない。折口は「穀言《よごと》」という語源説にまでさかのぼって独自な考説を展開している。私は折口の語源説をいましばらく保留にして、別に南島文学の方向に問題の深度をさぐった。

ともあれ、大和の古代では、ヨゴトは寿詞としてほぼ固定し、ヨミウタに至っては寿歌としての性格すら『記』における時代の意識上からうすらぎ、「読歌」という宛て字を成立させてしまっている。

ヨムは、朗読したり、作歌したりすることを意味した。作歌をヨムというのは声に出すからであろう。発声ということの呪的意味はまったくうしなわれつくしていないはずで、発声によって良いうたを獲るという思想であり、数や月日を勘定することをヨムというのもまた、発声したことにもとづくのだと想われる。数をヨムことになんらかの呪的意味の存在していたことを推測させられるけれども、たしかなところはもうわからなくなっているのだ。

ヨムという語に「謙譲的ひびき」があるということは神谷かをるの指摘にあって、ヨムということが寿詞をたてまつる心情を残しているものであってみれば、まことに当然のことであった。天皇《みかど》はヨムことをせず、作歌にしても、書きものにしても、ヨムのは臣下のほうだ、という神谷の指摘は、作歌を天皇にたてまつるという勅撰集の性格や、文字としてあるものを発声によって天皇位にある人に付与させるという臣下の立場を、よく説明してくれる。

物語草子は見るものだ、と前回に述べたことについて、更級日記のなかの有名な一文はどう解釈したらよいのか。

五月ばかりに、夜ふくるまで、物語をよみて起きゐたれば……

もちろん、菅原孝標《たかすえ》の娘は、物語を、声に出して朗読していたのである。五月の夜更けにひとり起きて、物語の美しい文章を、黙読でなく、声に出して読んだ。声に出さずにはいられなかったのだ。しかし、声を出すということは呪的な行為であった。五月は、一年のうちで最も危険な月である。厳重な物忌みが課されていた不吉な月であった。孝標の娘はここで、声を出すことによって、何かを呼び出したのではないか。はたしてあやしい猫がどこからともなくあらわれる。

……来つらむ方も見えぬに、猫のいとなごう啼いたるを、おどろきて見れば、いみじうをかしげなる猫なり。

もし黙読していたら、この、大納言殿の姫君の化身だという霊妙な猫は、けっしてここにあらわれなかったはずである。

ヨムの語義の追求は、古代空間に限定されない。前田愛のすぐれた仕事のひとつに「近代読者の成立」を考究した一連のものがあり、近世から近代へ、音読から黙読の成立を論じた要点は、いまや定説化しつつある。しかし、「見る」という語は絵のようにそれを眺めることで、黙読を意味したと考えられる。古代にも、黙読はあった。問題そのものはそこにあるのでなく、むしろ、近代においてすら、読むという行為は、一種呪術的な何ものかではないかというところにある。読書とはなにか、読者とはなにか、という今日的な課題にたいして、そこに一種呪術的な空間を考えることができるのではないか。ヨムの追求は、そうした近代における読むことの根底をおそい、ゆるがす何かとして見えてくる。

原古の再現ということ　神話から物語へ（一）

ふたたび「亡滅」について

ある雑誌の「古代歌謡」の特集に寄せた短文のうちに、このように書きとどめた。自分の書きものの引用というのはおかしいけれども、こうである。

南島古謡が、私をいま、魅惑して放さない。南島古謡は、圧倒的なすがた、総量を、先人や現在の沖縄学者の文字どおり血の滲むような努力のつみかさねのなかから、あらわした。

慎重でなければならず、方法をつかみかねている。記紀歌謡の前代や、うしなわれた部分に、南島古謡のある部分を置いてみる、という大胆な仮説的操作にふみきれない自分のいまをもどかしいと想う。

（藤井「南島古謡の魅力」、本書所収）

それから二箇年の歳月、南島古謡を追って、机上の旅みたいなことをつづけてきた現在、この「古日本文学発生論」にとりくむモチーフを明かすことになる。「記紀歌謡の前代や、うしなわれた部分に、南島古謡のある部分を置いてみる、という大胆な仮説的操作」を、おしすすめるべきだ、という考えになってきている。そして、私はそこに、「亡滅」の意味を見いださずにいない。

〈南島古謡〉の世界
　←亡滅
〈記紀歌謡〉の世界

〈記紀〉の世界は、一面で新しい政治的な構造であり、一面で残存の世界であった。〈記紀歌謡〉の世界そのもののなかに「亡滅」が見えなければならない。念を押すようにいえば、

X（x1　x2　x3　…　xn）

←亡滅
〈記紀歌謡〉の世界

というふうに書けば歴史的である。それを現代に残る〈南島古謡〉の世界からの、

←亡滅

という矢印でとらえるのは「仮説的な操作」としての構造的な把握だ、ということになる。「亡滅」させられる村落共同体段階がわの保存してきた祭式歌謡について「神歌私注」というかたちで考察を試みた。

記紀歌謡は強者からの戦闘歌や凱旋歌と、弱者からの服属儀礼的な寿歌とにみちみちている。「亡滅」を超えてきたあらたな世界、古代大和中央へ底上げされた段階のうたどもであった。

…是の役《えだち》に、天皇の志、必ず克《か》ちなむといふことを存《たも》ちたまへり。乃ち御謡《みうたよみ》して曰はく

かむかぜの　いせのうみの　おほいしに　や　いはひもとほる　しただみの　しただみの　あごよ　あごよ　しただみの　いはひもとほり　うちてしやまむ　うちてしやまむ（神風の　伊勢の海の　大石に　や　い這ひもとほる　細螺《しただみ》の　細螺の吾子よ、吾子よ。　細螺の　い這ひもとほり　撃ちてし止まむ。撃ちてし止まむ）

（日本書紀、上二〇二頁、八番）

本文の「是役也、天皇志存㆓必克㆒」というのは、必勝を「存《たも》つ」あるいは「存《おも》ふ」とも訓みうる表現で（上二〇三頁）、戦闘歌とはこのように、予祝的とでもいうべき、呪歌としてある。

つづく「乃ち御謡…」の「御謡」をミウタヨミと訓むことは確実で、これのひとつまえの歌謡（七番）に、同じように「乃ち御謡して曰はく」とあるの割注に、「謡、此《ここ》に宇《う》哆預瀰《たよみ》と云ふ」とある。前々回にこの用例を挙げておいたが、しかし天皇がうたった歌謡であるのに（ミ）ウタヨミというのはおかしいのではないか、前々回、前回に「寿と呪未分論」で述べた、ヨムのは寿歌をたてまつるほうについて言うのであって、天皇がウタをヨムというのは変ではないか、という疑問が湧いてくる。

これ（七番、八番ともに、――一四番歌まで）は、宮廷歌謡としての「来目《くめ》歌」（久米歌）の詞章で、久米儛にともなう久米部の伝承歌謡としてある。この本文はそのような久米歌の起源説話になっている。割注の「謡、此にはウタヨミと云ふ」というのが問題になってくるが、日本書紀は、流麗な漢文で、漢土の一流の史書に対抗して作られているという面から考えると、「此《ここ》」とは日本のことで、「謡」字は日本語でウタヨミと訓む、というのがこの割注の意味であった。

それではなぜ割注をここに必要としたか。むろん地の文がなんらかの古い固定的な詞章《ふるごと》にもとづいて漢文に作られているからで、古事記ならば詞章《ふるごと》の語り口を残そうとした。『書紀』は純然とした漢文体を採用するとともに、固有名詞や古語にこのような訓注を残したのである。久米歌の起源として、天皇がウタヨミした、というのは固定的な詞章《ふるごと》のなかにある重要な伝承の部分であって、これを「謡」字に宛てたのは、漢文としてはそう宛てるしかなかったのにしても、伝承としてはウタヨミという古語を必要とした。おそらくウタでもってヨム、という呪的な意味を残している言いまわしであろう。戦闘を勝利にみちびくための呪歌だ、ということになる。ヨムとは呪的な発声を原初的な意味としているのであった。

このように古代的な呪性を残しているわけだが、予祝的な戦闘歌ならば「亡滅」させられる側にもこの歌謡をうたう同等の資格があるのではないか、という理屈は、ちょっとあたらないと想われる。「撃ちてし止まむ。撃ちてし止まむ」は、「亡滅」させる側の論理であって、これを「亡滅」させられる側と対等に置くことはできない。地の文は神武征東を勝利にみちびく久米歌の起源説話で、「亡滅」させる論理を主題とする。歌謡はこれに対応しているのであって、たとい地の文が先行する別の歌謡をとりこんだにしても、とりこむ論理がなければならないが、この久米歌は「撃ちてし止まむ。撃ちてし止まむ」によって地の文と緊密に対応していることが看察される以上、安易に地の文と歌謡とを切りはなすわけにゆかない。歌謡は、その構造において、「亡滅」させる論理と対応していると考えられる。そのことによって底上げされたあらたな歌謡の世界になっている。以降の、日本文学の傾向をこのあたりから決定してくるであろう。その構造、とはどのような内実なのであろうか。

もうひとつ、寿歌のばあいをも引例しておく。これもまた「亡滅」させる側の論理であるのにちがいない。私は「亡滅」させる側の論理を認めても、「亡滅」させられる側の論理をけっして認めてこなかった。「亡滅」ということに論理などない。ただに亡び去るばかりだ。それならば「亡滅」を生き延びる必敗の論理とは、何。いや、ここに結論を急ぐことをすまい。つぎの歌謡は、国巣《くず》びとの寿歌関係のもので、四七歌と四八歌と、別々の採録であるらしく、寿歌性をはっきりと見せているのは後者のほうだが、前者も、歌謡の構造としては後者にならべられる性格をもっている。やはり寿歌的な歌謡と見てよく、服属儀礼的なうたである。古事記の編纂段階でかためて収録したのはそのようなモチーフの共通性によるであろう。服属のあかしとしてたてまつる歌謡は、「亡滅」させる側の論理に組みこまれることを意味している。そうした寿歌へと底上げされる歌謡の構造をそこに見なければならない。

……又吉野の国主等《くずども》、大雀《おほさざき》命の佩《は》かせる御刀《みはかし》を瞻て歌曰く

ほむたの　ひのみこ　おほさざき　おほさざき　はかせるたち　もとつるぎ　すゑふゆ　ふゆきの　すからがしたきの　さやさや（品陀の　日の御子、大雀　大雀　佩かせる大刀。本つるぎ　末振ゆ、冬木の　素幹が下木の、さやさや）

（古事記、二四七頁、四七番）

又吉野の白檮生《かしふ》に横臼を作りて、其の横臼に大御酒を醸みて、其の大御酒を献る時に、口鼓を撃ち、伎を為して歌曰く

かしのふに　よくすをつくり　よくすに　かみしおほみき　うまらに　きこしもちをせ　まろがち（白檮の生に　横臼を作り、横臼に　醸みし大御酒。甘らに　聞こしもち飲せ、まろが親）
（同、四八番）

比の歌は、国主等、大贄《おほにへ》を献る時々、恒に今に至るまで詠ふ歌なり。

これはどういう歌謡の構造なのであろうか。これを解明するのにあたって、神話と歌謡との関係から、もういちど整理しておくことにしたい。

神話の叙事歌謡

沖永良部島の「しまたてしんご」は、すでにふれたように、呪謡と称すべき歌謡で、民間の巫者ユタによって管理されている。内容は「島」の創世神話を語る。

あがるでぃ　すぐるでぃ(1)　東の嶽　勝る嶽
芭蕉ぐぬ滝　しなぐぬ嶽《てぃ》に　芭蕉の滝　しなぐの嶽に

生《うま》りたぬ
石ぬをーとぅ　金《はに》ぬ君《きみ》とぅが
産《な》ちゃぬ子《くわ》どぅ　やしが
産ちゃぬ親《うや》は　石になてぃ
ちむとぅぬ親は　金になてぃ
おー名む呉《くり》らだな
みきゅ名む附きらだな
おー名ぬ欲しゃでぃどぅ
みきゅ名ぬ　欲しゃでぃどぅ
天《てぃん》ぬ庭昇《みやにぶ》てぃ
照《てぃ》る太陽《てぃだ》拝《うが》でぃ
……

生まれた
石の王と　金の君とが
産みし子であるが
産みし親は　石になり
乳元の親は　金になり
聖名もくれないで
聖名もつけないで
聖名がほしいので
聖名がほしいので
天の庭昇り
照る太陽拝み
……

このようにしてつづく二四〇行ほどの大長篇で、この神話の主人公「島くぶだ国くぶだ」が石と金とを両親として産み落されるところからはじまる。歌謡の原初状態は、唱えごとも語りものともつかぬ、未分化な形態にあって、創世の神話をうたい保存していることに注意する。「おもり」（この「しまたてしんご」を含む）や「ながれ（ながね）歌」は、神話を背景にしたり、神話をうたいこめたりする。「あらほばなのおもり」は稲の起源をあきらかにする神話をうたうことによって祭式歌謡の意味を果たしている。部落の祝女《のろ》のうたうもの（奄美・瀬戸内町俵、小野重朗採集）。

ねいごほん　たね(2)
いふなもん　すきなもん
うまれ　くち
はじまる　くち
うまれたん　はじまたん
にるや　すくぶり
かなや　すくぶり
ねいごほん　たね
わしていん　とり
つりていふん　とりぬ
ひじゃりわき

ネゴホ〈稲〉の　種
大切なもの　好きなもの
作り　はじめ
作られ　はじめは
作られ　はじめたのは
ニライ　底の
カナイ　底の
稲の　種
鷲という　鳥
鶴という　鳥が
左の脇に

うしこめて　やいこめて　　　押しこんで　やりこんで
……　　　……

「米ぬながね」（田畑英勝採集）は、

ねぃらや　とおすんじま(3)　　　ネィラヤ　とおすんじま
かなや　とおすんじま　　　カナヤ　とおすんじま
ねぃらや　しゅうむり　　　ネィラヤ　底の
かなや　しゅうむり　　　カナヤ　底の
つるんとぅり　たかんとぅりが　　　鶴のとり　鷹のとりが
ねぃぐふ　ねぃぐらんだねや　　　稲の穂　稲の種は
わきばねに　くむぃんしょおし　　　脇羽に　込めなさって
すでぃばねに　くむぃんしょおし　　　袖羽に　込めなさって
……　　　……

そのほか「芭蕉ながね(4)」は、いいんじや親祝女《うやぬる》が天から芭蕉をもたらしたこと（芭蕉の起源神話）をうたい、さきにもふれたことのある「うもいまつがね[5]」は、ユタの祖先の事蹟を語るなど、「おもり」「ながれ（ながね）歌」の性格はあきらかに神話をうたい保存することを中心としている。これはきわめて重要なこととしてよく記憶にとどめておきたい。一見、起源神話をうたっていないように見える歌謡のたぐいであっても、われわれはそこにかつての神話のかげや残存を、よく見きわめてゆけば、見いだすことができるのではないか。そういう予測を立ててみたいのだ。

こうした歌謡が、単に儀礼的に神名を唱えてから眼前の稲作や作業をうたうといったものでなく、神話として、神々や祖先の事蹟を語る叙事歌になっているのだということは、もちろん奄美においてのみ知られることでなく、南島全域にわたって知られるはずで、小野重朗の最新の論文「南島の生産叙事歌をめぐって——神話・歌謡・芸能——」（小野h）は、このような視点から、新しい局面を切りひらきはじめた。この小野論文は、神話と歌謡との関係や、ひいては古代日本の歌謡についてのわれわれのさまざまな疑問点をかずかず氷解させる可能性を秘めている。

小野論文から一例引いておく。沖縄本島の北部（国頭地方）その他にひろがる海神（うんじゃみ）祭は、かの古事記の海幸山幸説話の海幸と山幸の役割を逆にしたような猪狩りの所作神事によって有名であるが、それにおいてうたわれる祭式歌謡「山のうむい」は、さす祝女《ぬる》とびま祝女という二人が弓と矢とをはじめて造り、狩猟を創始したという起源神話を語り伝える。はやく明治年間に田島利三郎が採集した（『諸間切のろくもいのおもり』）(6)。小野論文は、その注記によると、稲村賢敷「日本と琉球」（『まつり』一五、〔稲村d〕）から「山のうむい」を引いたという。早速、国会図書館に赴いて『まつり』一五号を見たが、小野の引きかたはそっくり稲村から採るという方法ではないらしく、田島の採録を参照しながら手を入れている。これは稲村も『沖縄の古代部落マキョの研究』〔稲村b〕（六〇―六一頁）で修正を加えなければならなかったところのようで、論文の性質上しかたのないことだろうか。ここでは小野論文から引くしかない。

昔《むかし》ぬ・けさしぬ
有《あ》たる事《こと》・為《し》たる事
さす祝女《ぬる》と・びま祝女と
だしちゃ真弓《まゆみ》・桑木真弓
造《くぬ》みようて・巧《たく》みようて
八九《やくくぬ》つ・（十九《とうくくぬ》つ）
犬連れて

昔の、昔の
あった事、なされた事
さす祝女《のろ》と、びま祝女が
だしちゃや桑の木の弓を
作って
八つ九つと（沢山の）
犬を連れて

柴《しば》たまい・太《ふて》い猪《じし》
嘉陽洞《かようがま》に、追《うい》込《く》みて
貫《ぬ》き殺《ころ》し・刺《さ》し殺《ころ》ち
赤《あか》血《ち》垂《た》らち・黒《くる》血《ち》垂《た》らち
島神、えい

柴たまい、太った猪を
嘉陽の洞穴に追い込んで
（矢や矛で）刺し殺し
赤血、黒血をたらして
島守りの守よ、エイ

猪狩りの所作神事のうむいで、原古のときの狩猟創始をうたうというのがこの内容であった。だから眼前の所作神事は原古のことを再現するものとして行われているわけだ。芸能儀礼はこのような原古の模倣として発生してきたのである。芸能儀礼については祭式の歌謡が神話的原古を語る叙事歌になっていることを確認すればさしあたりことたりる、としたい。

（1）先田光演「沖永良部島の神話」〔先田b〕。訳文は『日本庶民生活史料集成』第十九巻、九頁、および山下欣一「始原としての呪禱」〔山下h〕と、さらに先田氏の教示により構成する。
（2）『日本庶民生活史料集成』第十九巻、九頁。
（3）同右、一八頁。田畑『奄美の民俗』〔田畑a〕、三四一―三四二頁。

（4）『日本庶民生活史料集成』第十九巻、二二一―二二四頁。
（5）同右、二二一―二二二頁。
（6）「しんまがぁみのオモイ」、『日本庶民生活史料集成』第十九巻、二四三頁、および稲村賢敷『沖縄の古代部落マキョの研究』、三八三頁。

「昔」語りのひろがり

海神祭の「山のうむい」の冒頭――

昔《むかし》ぬ・けさしぬ
有たる事・為たる事

これの「けさし」という語は南島古謡によく出てくる、「昔」と対語《つい》にして出てくることばで、厳密な意味がわかるとよいのだが、残念ながら「昔」に置き換えることのできる程度のそれに近い意味の語であるということ以上にわからない。

昔、昔のあったこと……というはじまりは、やはりいわゆる昔話を想い出さないだろうか。「昔あったじもな…」(『岩手県紫波郡昔話集』)「昔あったげだ…」(『新潟県南蒲原郡昔話集』)「昔有ったること…」「昔有ったンことに――」「昔有ったることヌ――」「昔有ったんことが」(『鹿児島県喜界島昔話集』)「昔あたんちゅわー」(『徳之島の昔話』)など。「けさ(昔けさ)あたんちゃんな」「けさ(昔けさ)あたんちゅろが」というのあって(『奄美大島昔話集』「編者ノート」三七三頁)、これは「けさし」系の語り出し。

こうした昔話に残る特殊な冒頭句が、南島古謡にも見いだされるのであった。

もとむかし　あたること
あまみよに　ひちることとい
……
(「海神祭のヲムイ」、名護市(1))

むかし始り　けさし始り
あまみや始り　しねりや始め
……
(「浜下りの御たかべ言」)

あとの例は前回に引いた『久米仲里旧記』からで、この書物は「むかし…けさし…」にはじまる「御たかべ言」「かういにや」「おもる」を多く蔵す。

昔《むかし》 初《はじ》まりや
てだこ大主《ぬし》や　清らや　照りよわれ
せのみ初まりに
てだ一郎子《いちろく》が
てだ八郎子《はちろく》が
……

（『おもろさうし』巻一〇、五一二番）

あまりにも有名な、宮廷歌謡化した開闢神話のおもろが、このように「昔…」と語り出されていることをここに想いあわせておかなければならない。これの例や「くぇーな」（かういにゃ、くわいにゃ）の「むかしからあるや（様）に、けさしからするや（様）に…」式のなど、用法が進化していても、なお「昔」からはじめられているところに古態を残している。昔話の語り出しでも、「昔あったこと」式から「昔、あるところに」式に進化するのに同じだ。

この「昔」というのは、原古のときを特定する指標になる語であったのにちがいない。もちろんこの語がなければならないということはない。この語がなければ原古を特定していないということにはならない。この語がなくとも神話的な原古のときを歌謡がうたうというかたちはありうる。考えやすくするためにいえば、神話的な原古のときをうたう歌謡において「昔、けさし」から語り出されていないばあい、それは（当然のものであるとして）省略されている、と見るのがよい。

ところで、南島古謡の世界から眼を転じて、本土の古代文学や口承文学のほうを見わたすと、すでに昔話の冒頭のことは述べたが、それのほかに風土記の伝承、万葉集の歌語《うたがた》り、物語文学、説話文学、その他、いってみれば非歌謡的なばしょに「昔」を見いだす、ということがある。このことをどのように理解したらよいのか。しかしながら、非歌謡的になってしまったそれらの、もし淵源をさぐりあてることができるとすれば、それは叙事歌謡的なものであったかもしれないことは、充分に想像しておきたい。古事記の地の文の特殊な表記に残る文体などを考えあわせたいところだ。

古事記にも「昔…」にはじまる説話単元はあり（天の日矛条）、それに第一、冒頭の「天地初発…」というのは、まさに『おもろさうし』五一二番「昔初まりや…」に同じで、もとの神話の語り口に「昔…」となっていたのを「天地初発…」などとやってしまったのではないかと想われてくる。

「昔」という語を指標にして、南島古謡から本土の古代文学や口承文学までを見わたすと き、神話を語るということが、祭式歌謡の役割から、非歌謡的な語りへと、ずっとひろが っていっているようすを一望することができないだろうか。昔話は、いわば神話のパロデ ィとして、神話を忠実になぞるようなばあいから、もどきかえすようなこっけいなしろも のまで存在している。そのような神話の歌謡的形態をのぞかせている南島の口承文学は、 やはり本土の古代文学より前代に位置するものと見るべきだろう。

神話の歌謡的伝承（南島古謡）
　←非歌謡化
古伝承・縁起・伝説・昔話など

ここにおいて歌謡そのものは、神話的世界にまみれつつも、しだいに神話から身を起こ すようにして、ふくざつに内乱し、いわゆる〈記紀歌謡〉の世界をだんだんに現出させて こなければならない。それは一挙的ではないと想われる。だから、〈記紀〉の古代歌謡は、 神話的歌謡をそのなかに残存させていることが考えられる。ひとつの古代歌謡のなかの、どの部分が神話的歌謡の残存で、どの部分が古代歌謡として新しい部分であるかを判定することは、すでに南島古謡の世界をかいまみてきた以上、けっしてむずかしいしごとではなかろう。もちろん、新しい部分には、古代歌謡としての生命律がやどっている。と同時に神話は、すぐ前代の歌謡にも、同時代の非歌謡的伝承にも、強烈なリアリティをもって生きている。この、新古の生命的な息がはげしく乱れちがうなかに歌謡そのものの底上げは遂げられてゆく。

（1）『琉球の研究』（加藤三吾）より、『日本庶民生活史料集成』第十九巻、二三五―二三六頁。

歌謡のゆくえ

神話から物語へ（二）

「古こと」と新意と

古事記・四八番歌にもどることにしよう。これは国巣《くず》びとが大贄《おおにえ》をたてまつる時々につねに「今に至るまで」詠《うた》ううたであるというから、現行の宮廷歌謡であった。

白檮《かし》の生《ふ》に　横臼《よくす》を作り、横臼に　醸《か》みし大御酒《おほみき》。甘らに　聞こしもち飲《を》せ、まろが親《ち》（1）

前半の「白檮の生に　横臼を作り、横臼に　醸みし大御酒」というのは、いま眼のまえにたてまつられている「大御酒」の製造過程をうたっているというだけだと、理解が浅くなる。「大御酒」の起源神話が、眼のまえの酒にかさねられている、と見るべきではないか。そのかさねあわせによって、眼のまえの酒を原初の「大御酒」であると幻視する。もとに起源神話をうたった歌謡が存在していた、と考えるのがよい。国巣びとの祖先が樫の横臼で酒造を創始したことをうたう歌謡だ。沖縄の国頭地方その他の海神祭にうたわれる「山のうむい」が、だしちゃ、桑の木で弓を作って狩猟を創始した原古のことをうたっているのと同じように。

眼のまえの祭式で行われる狩猟の所作は、原古を模倣するもので、とうぜんその当日の弓もまただしちゃ、桑の木で作られているであろう。それは当日のために作られたものであるが、祭式のなかで、原古の創始されただしちゃ、桑の木の真弓で**も**ある。幻想的にかさねられ、同一視される。

四八番歌は、そのような起源神話をうたう村落共同体での祭式歌謡を背景に持つ。前半をなす「白檮の生に　横臼を作り、横臼に　醸みし大御酒」を、その起源歌謡そのもの（または要約したもの）と理解してさしつかえなかろう。そのような第一次性の神話はまさにこのうたの前半部においておわる。後半部は、いわば村落共同体段階の神話そのものを献上する構造だ、といってよい。起源の原酒をたてまつることによって、素朴な村落共同体段階はとじられるという、「亡滅」の構造なのだということができる。ここに古代国家の内部に国巣びとの村落は服属する。後半「甘らに　聞こしもち飲せ、まろが親」は、「新意」をあらわし、服属儀礼による寿歌性を示しているのだが、それは村落共同体の起源説話を大和中央国家へ献上することによってであった。そのような起源説話は祭式（＝まつり）のなかに管理される。服属（＝まつろふ）とは、祭祀と祭祀とを共同にすることを意味した。
酒の歌謡はまだいくつもあるが、(2) もうひとつ、四八番歌につづく四九番歌をも見ておこう。

及《また》酒を醸むことを知れる人、名は仁番《にほ》、亦の名は須須許理《すすこり》等、参渡り来。故、是の須須許理、大御酒を醸みて献りき。是に天皇、是の献れる大御酒に宇羅宜《うらげ》て、御歌曰、
すすこりが　かみしみきに　われゑひにけり　ことなぐし　ゑぐしに　われゑひにけり（須須許理が　醸みし御酒に　我酔ひにけり。ことな酒　笑酒に　我酔ひにけり）
如此《かく》歌ひて幸行《いでま》せる時、御杖を以ちて大坂の道中の大石を打ちたまへば、其の石走り避《よ》きき。故、諺に曰く、「堅石《かたしは》も酔人を避く」と。（二四九頁）

この歌謡とそれにまつわる説話については、はやくから、『袋草紙』の「夜行途中歌」という誦文歌(3)が注意されている。石につまずいてころばないためのまじない歌だといわれている。石につまずいた途端に、魂を落してしまうことがあるからで、南島地方ではユタたちの実修に、マブイ（魂）を落とした人にマブイ込めをすることが広く報告されている。ましてや酔うた足もとはあぶないもので、魂を落としたらたいへんである。『袋草紙』のうたというのは「かたしはやわかせゝくりにくめるさけ手酔ひ足酔ひ我酔ひにけり」とあって、けっして『記』四九番歌の異伝ではない。なぜなら「かたしはや」（＝堅石や）とうたい出しているのは、古事記の地の文の「諺《ことわざ》」をあわせたものであるからだ。この『袋草紙』のうたを参照すると、『記』四九番は地の文と緊密に連続していることがわかる。

「せゝくり」は須須許理であろうと推定されているのでよかろう。ここに想い出したいのは、さきに述べておいた、ケンムンに、その出自を語ってきかせて、いたずらをやめさせる呪謡や、豚に、その起源（「ウヘーフクジ、バシャフクジ」という強欲な人であった——）を語ってきかせて、犠牲にされることを豚どもに覚悟させる呪謡のことである。『袋草紙』の誦文歌もまた、それに類した、「堅石」の起源神話を背景にしているのではないか。酔うてだれかが石に化したという、ありふれた化石説話であろう。石となり、道中にころがっていて、ときに通りかかる酔人の足をすくって、いじわるをする。そこで、その石どもの前生譚を語ってきかせてやると、石はいたずらをやめるので、ころばなくて済む。そういう前生譚を語っているのがこのうたであるとすれば、「我酔ひにけり」とは、石が、であろうか。このうたと、『記』四九番歌やその前後の「堅石」説話との関係は、なお不明な部分を持つものの、一応「堅石」起源神話のようなものを背景に考えてみることを提案して、後考にゆだねたい。

もうひとつの国巣びとのうたである『記』四七番歌——

品陀の　日の御子、大雀　大雀　佩かせる大刀。本つるぎ　末ふゆ、冬木の　素幹が
下木の、さやさや

は、ちょっとむずかしい。吉本隆明『初期歌謡論』（吉本b2）はこれを二分した。「品陀の日の御子、大雀　大雀　佩かせる大刀」（前半部）と、「本つるぎ　末ふゆ、冬木の　素幹が下木の、さやさや」（後半部）とにである。この後半部は、当時のことばを用語に使っていうと、「古《ふる》こと」に属すると考えられる。これが〈喩〉に転化するという理論は、早く『歌経標式』（藤原浜成）にあって、浜成はこれを「古事喩」と言っている。フルコトノタトヘ、と訓むべきものだろう。「事《こと》」は「言《こと》・語《こと》」の借字。

神話の概念とかさなるにしろ、一応「古こと」を独立させて考えてみたいのだ。

・神話
・「古こと」
・「新意」

神話は、原生的な段階から、大きく合成的な段階にまで流動しているから、かならずしも固定的な詞章とみないほうがよい。説話内容がすげかえられることもあった。「古こと」は神話の詞章やその断片で、固定的な言いまわしになっている。その固定性を利用して新しい「古こと」を造成したのが『古事記《ふること》』にほかならない。「新意」は、歌謡の、新しく付加される部分で、ここに創造がこもるというわけではかならずしもなく、陳腐な心情表現であってもよい。「新意」の考えもまた『歌経標式』に拠る。

四七番歌には「新意」の部分がない。後半部は、「本…末…」というような言いまわしになっていて、何かの起源説話の断片で、固定化した「古こと」。それが「品陀の　日の御子」を称讃するこの歌謡一篇とむすびついた。前半部は新しい神話であり、すげかえ可能な部分であった。

『記』七四番歌は琴の起源神話と、別の「古こと」の断片とが結びついて〈記紀歌謡〉になった。

からのを　しほにやき　しがあまり　ことにつくり　かきひくや』ゆらのとの　とな
かのいくりに　ふれたつ　なづのきの　さやさや』（二八三頁）

枯野（船のなまえ）を　塩に焼き、其が余り　琴に作り、掻き弾くや』（琴の起源説話部分）
由良の門の　門中の海石に　振れ立つ　なづの木の、さやさや』（古こと部分）

まだ述べなければならないところだが、さきをいそぎ、以下、宮廷歌謡の成立をかいまみてゆくことにする。

（1）『延喜式』（宮内省式）に、「凡そ諸の節会に、吉野の国栖《くず》、御贄を献り、歌笛を奏す」（有脱文?）。『西宮記』巻六（辰日新嘗会豊明賜宴事）に、「かしのふに　よこうすをゑりて　かめ多（るカ）おほみき　味《うま》ら居（にカ）をせこせ　丸か朕」（原文、万葉がな）と伝えられている。平安時代にまで伝えられた理由は音楽性においてすぐれたものだったからではないか。

(2)「酒楽之歌」(歌番三九・四〇)は、四八番歌と同じ構造と見てよいであろう。
(3)『日本歌学大系』一、八六頁。「誦文歌」はまさに呪歌としてのヨミウタであろう(この歌は『袋草紙』のほか、諸書に見いだされる。それぞれ小異がある)。

おもろの独自性、その末路

宮廷歌謡おもろをここで視野にいれる。今日、『おもろさうし』(西暦一五三二―一六二三成立)によって見ることができる。それを、安易に本土古代の〈記紀歌謡〉その他と、比較してはならないと想う。後述するように、宮廷歌謡という面からいえば、おもろと、〈記紀歌謡〉とは、きわめてよく似た性格を有している。いろいろと互いに比較してみると、そういう面で参考になることが多い。しかし、内容に立ちいってみると、おもろは、沖縄独自の発達をしているな、という感を深くする。おもろは、〈記紀歌謡〉と、どこかではっきりと訣《わか》れた、といえるのだ。〈記紀歌謡〉のほうが古い何かを残している一面はある。おもろのほうは、成立じたい、いろいろな系路からの複線であるらしく、それが歌曲として大発達を遂げてゆく。大きく、

〈南島古謡〉（みせぜる、ぅむいなど）

←　上昇

宮廷歌謡おもろ

という矢印が言えるにしても、単純な上昇ではない。民間伝承のうむいと、宮廷歌謡のおもろとは、同じ語なのだが、両者はどのような関係にあるのだろうか。最近、比嘉実は、『おもろさうし』のなかの「地方おもろ」が、けっして民間伝承のうむいとかさならないことについて、「地方おもろ」を第一期第二期第三期に分類しながら、説得的に剔抉してみせた[1]。これは「地方おもろ」の内容をあきらかにして見せたことになる。これによればたしかに「地方おもろ」と民間伝承のうむいとは、つながらない。また唱法も、『おもろさうし』に出ているおもろと、民間伝承のうむいとではずいぶんちがう（世礼国男[2]）。歌謡のすみかたは、民間伝承のうむいが「くぇーな形式」で、『おもろさうし』の「おもろ形式」と対立すると考えられている。このように、宮廷歌謡おもろと、今日までつたえられている民間のうむいとのあいだの不連続面のあることは、たしかにうたがいようがない。研究は、予断をゆるさない段階にきて、不連続面がたしかめられることによって、かえって民間伝承のうむい（その他）から宮廷歌謡おもろへの上昇のみちすじはあきらかになってくるのではないか。

ひとことにうむいといっても、『日本庶民生活史料集成』（第十九巻）に収められた一三七篇をながめると、じつにさまざまな内容、形態のうむいを見いだす。歌型にしても、その冒頭部は、かならずしも「くぇーな」形式になっていないのが多く、そのことは『おもろさうし』の「おもろ」形式の成立と、何らかのかかわりがあろう。

いくひーうんきゃーさ(3)
　エーヨーリーホーシ
たなくら　とゆもーち
しなぐ浜　引きうるち
わざぬ大工《せーく》　たるみもーち
わざぬかね　うしあてぃ
墨縄《しみなむじ》　押しあてて(4)
……

聞え〈名高い〉　ウンキャーサ
　《囃子、以下略》
棚倉　鳴響み給い
しなぐ浜　引き降ろし
技の細工　頼み寄せ給い
技の金　押し当てて
墨縄　押し当てて
……

わがかみや[5]
けふん　あちゃん
あげぇじゃあすび
はべるあすび
あいるすんど
はいるすんど
わがかみや

あままうふんちゅうがよ[7]
しぬでぃしらだゑーか
んしんさーじ　しみて
んしーんはろーび　しみてぃ
あかきいぇーく　くぬでぃ
しらたいぇーく　くぬでぃ
……

わが神は、
今日も、明日も、
蜻蛉《あけつ》の舞ひを、
胡蝶の舞ひを、
してゐるのであるぞ、[6]
やってゐるのであるぞ、
わが神は

アマン大人〈巨人〉がよ
(原意未詳)
立派な鉢巻　しめて
立派な腹巻　しめて
赤木櫂　作って
白の櫂　作って
……

『おもろさうし』からは、前回引用しはじめた有名な開闢神話のおもろを書き出しておこう。

一むかし、はぢまりや(8)
　てたこ、大ぬしや
　　きよらや、てりよわれ
又せのみ、はちまりに
又てた、いちろくか
又てた、はちろくか
又おさん、しちへ、みおれは
又さよこ、しちへ、みおれは
又あまみきよは、よせわちへ
又しねりきよは、よせわちへ
又しまつくれ、てゝわちへ
又くにつくれ、てゝわちへ
又こゝらきの、しまぐ

昔、天地のはじまりに
　日の大神は
　　美しく照り給え
古《いにしえ》、天地のはじまりに
日神イチロクが
日神ハチロクが
下界はるかに見下すと
はるかにながめやると
アマミキヨを呼び寄せ給い
シネリキヨを呼び寄せ給い
島を造れとのたまい
国を造れとのたまい
おおくの島々

又こゝらきの、くに〳〵
又しまつくる、ぎやめも
又くにつくら、ぎやめも
又てたこ、うらきれて
又せのみ、うらきれて
又あまみや、すちや、なすな
又しねりや、すちや、なすな
又しやりは、すちや、なしよわれ

あまたの国々
島が出来上るのも
国が出来上るのも〈おそしと〉
日神は待ちわびて
日神は待ちあぐねて
アマミヤ人を生むのかい
シネリヤ人を生むのかい
それではその血統の人を生みなさい

「一」「又」「又」……と記されているのは、
てたこ、大ぬしや
きよらや、てりよわれ
という二行をいちいちくりかえすことを指示しているといわれ、これを世礼国男は「反覆法」と名づけている。[9] 小野重朗の分離解読法[10]によって、この二行を分離させると、「くぇーな形式」があらわれる。

むかし、はぢまりや
せのみ、はちまりに
てた、いちろくか
てた、はちろくか
おさん、しちへ、みおれは
さよこ、しちへ、みおれは
……

小野は、「繰り返し部」について、「歌い手」のちがいを想定して、[11]いわば「おもろ」の二元的な構造を受け取るべきことを提唱する。「くぇーな」形式の連続部と、「繰り返し」の反覆部とが、二元的な構造であることをうたがい、前者の叙事的な内容を、簡潔に小宇宙として集約的に表現したのが後者だ、としたのが比嘉実の「分離解読法」批判[12]であった。この論争は琉歌（抒情歌）の成立をどうとらえるかという重要な視野までを含んで、この面でも予断をゆるさなくなっている現状にある。

おもろの世界は古謡のなかから飛躍的に上昇することによって成立した。そのとき〈記紀歌謡〉と、はっきり訣れた。〈記紀歌謡〉から短歌形式（五七五七七）が分出され、抒情歌としての短歌をそだててゆくみちすじは説明できるように想われる。いっぽう、琉歌（八八八六、その他）は、その八・六音形式とおもろとの近似性を指摘しえても、おもろの反覆部から抒情歌としての琉歌へと生いそだってゆくみちすじは、簡単な説明を拒んでいる。

波の声も《なみぬくぃん》とまれ《とぅまり》風の声も《かじぬくぃん》とまれ《とぅまり》
首里天《しゅゆいてぃん》がなしみおんき《うんち》拝《をうが》ま

——恩納なべ(13)

というのは、おもろ反覆部からの上昇を、ある程度、考えることが可能であるように見えるけれども、

恨む比謝橋《ふぃじゃばし》やわぬ《わん》渡さともて《とぅむてぃ》
情《なさき》ない《ねん》ぬ人《ふぃとぅ》の《ぬ》かけておきやら《かきてぃうちゃら》

——よしや思鶴(14)

という琉歌は、おもろ反覆部からの上昇として、説明をつけることがむずかしい。いうまでもなく琉歌の世界にくらべられるのは万葉集の世界だ。おもろじたいはゆきづまってしまうらしい。その抒情性の萌芽が、琉歌へひきつがれたかどうか疑問である。過渡的な性

格を有している〈記紀歌謡〉とはちがう、ひとつの袋小路的な達成だといえる。

（1）「地方おもろ成立の周辺――地方おもろと文字の出逢い――」（比嘉 a）。
（2）世礼国男「久米島おもろに就いて」（世礼 a）。
（3）「オモイ（又はシナマ）」、大宜味村字大宜味、『山原の土俗』（島袋源七）より、『日本庶民生活史料集成』第十九巻、一二三〇頁。大宜味城のウンガミ祭のときのオモイ、喜如嘉に来て唱えるという。
（4）同右二二八頁の『海神祭のウムイ』（吉浜ウシノート）は、喜如嘉における採集だが、詞章にちがいがあって、「きくい、うしとーさ」（聞え〈名高い〉ウシトーサ）にはじまり、六行目は「しまなむじわかさ」（島の《むじ》造ろう）とある。
（5）「のろくもい」、本部間切具志堅村、八月十日の御神の願の折のおもり、『諸間切のろくもいのおもり』（田島利三郎）より、同右、一二三四頁。訳文は伊波普猷『おもろさうし選釈』に拠った（『全集』六、二〇〇頁）。
（6）『日本庶民生活史料集成』本によると「なさいますよ」。尊敬表現。
（7）「あままうふんちゅ」、粟国島、漁る儀式に立って唄う、『琉球王朝古謡秘曲の研究』（山内盛彬）より、同右、二五七頁。
（8）巻一〇の二、通し歌番五一二、『校本おもろさうし』、三二七頁。訳文は池宮正治「沖縄の創世神話について」（『琉球文学論』、九四・九五頁）に拠る。

(9)↓注(2)。
(10)小野「朝凪・夕凪のおもろ」(小野c)、その他。はやく『琉球文学』(小野f)にもその指示が見られる。
(11)同「おもろ歌人の性格」(小野d)。
(12)比嘉『おもろの読解法について——分離解読法の問題点——』(比嘉b)。これには小野の反論がある(「おもろの抒情性と作者——分離解読法批判に答えて——」(小野e)。
(13)(14)外間守善・仲程昌徳『南島抒情』(外間・仲程a)、二九、四一頁。

地方のおもろ歌唱者

〈記紀歌謡〉が整備され、定着してゆくのは天武天皇代で、いうまでもなく〈記紀〉が撰録される事情と深くかかわる。古事記も日本書紀も、天武天皇代に編纂事業がはじまる(『紀』天武十年三月条・『記』序)。もしこういってよければ、それは〈記紀歌謡〉の編纂事業でもあった。天武四年二月の勅に、大倭・河内・摂津・山背・播磨・淡路・丹波・但馬・近江・若狭・伊勢・美濃・尾張らの国に、「所部の百姓の能く歌ふ男・女、及び侏儒・伎人を選びて貢上れ」とある(『紀』)。天武十四年九月条には詔して、「凡そ諸の歌男・歌女・

笛吹く者は、即ち己が子孫に伝へて、歌笛を習はしめよ」と命じた(同)。これは雅楽寮の整備状況をつたえるものであるから、「己が子孫に」云々とは宮廷歌謡化した諸国や諸氏の歌謡について言っている。『記』や『紀』に歌曲名がしばしば注記されているのは現行の宮廷歌謡であることを意味していた。

宮廷歌謡おもろは、今日『おもろさうし』によって読むことができる。ふくざつ多彩な内容を呈しているが、そのなかに地方おもろがある。

第二巻　中城越来おもろ
第五巻　首里おもろ
第七巻　はひ(南部)のおもろ
第十一巻　首里ゑとおもろ
第十五巻　うらおそい(浦添)きたたん(北谷)よんたむざ(読谷山)おもろ
第十六巻　勝連具志川おもろ
第十七巻　恩納より上のおもろ
第十八巻　しま中おもろ
第十九巻　ちゑねん(知念)さしき(佐敷)はなぐすく(玻名城)おもろ

第二十巻　くめす（米須）おもろ
第廿一巻　くめ（久米）の二まぎり（間切）おもろ

これらの「地方おもろ」は、民間に伝承されているうむいと、つながらない、断絶している。前節に述べた、比嘉実は、「地方おもろ」について、つぎのように論じている。[1]

地方おもろは、民間の祭式歌謡と深く結びつく宗教的なものを存分に内包しているが、思うにその同類性は同質性を保証するものではない。地方おもろは、各地方に階級的人物が登場するころから三山対立時代、第一尚王朝、第二尚王朝の尚真王時代にかけて成立したものであることが、ほぼ推察できる。支配的人物を讃仰したものが多いことは、もっと注目されねばならぬ。史歌的要素の強い地方おもろが、地方性を豊かに残存させて、一六二三年ごろまで口承の歌謡としてあったならば、何故、『琉球国由来記』編纂の時期に、その断片さえ残すことなく消えてしまったのだろうか。薩摩の琉球入りの後の百年と尚真王による中央集権体制の確立から地方おもろ記載までの百年には、それほどの違いがあるのだろうか。

尚真王時代（西暦一四七七―一五二六、在位）前後に文字記載されるとともに、急激に衰退の一途をたどったものとみる。『おもろさうし』の（第三次）結集《けつじゅう》たる一六二三年にまで口承としてつたえられていたとはとうてい考えられない。『琉球国由来記』（一七一三年）には、民間伝承のうむいを採集しているが、『おもろさうし』に見られるような「地方おもろ」は断片すらない。――というのが比嘉の論旨であった。

もうすこし引用をつづけると、

中央集権体制の確立以前には、地方地方に割拠している豪族の庇護を受けながら、その豪族や領有する土地を讃仰することを役職とするおもろ歌唱者が数多く存在した。しかし、尚真王による中央集権体制の確立による地方豪族の首里移住は、彼等の地方における生活基盤を根底から覆すものであった。彼等の内の幾人かは、生活基盤を確保するために、地方豪族同様首里に移住したようである。おもろ歌人の国頭、島尻はその名称から考えて、もともと国頭、島尻地方に割拠した豪族につかえるおもろ歌唱者であったと考えられる。

『おもろさうし』の「地方おもろ」には、史歌的なものを多く見いだすのだが、その原態は地方豪族につかえたおもろ歌唱者の伝承するところであったという論旨になっている。[2]宮古の目黒盛はアヤゴ部を組織していたという（『宮古史伝』[3]）。そうしたものが宮廷歌謡になってのこった。しかし地方ではいちはやくそうしたものの成立基盤はうしなわれて衰退の一途をたどったであろう。民間の宗教祭祀に残るうむいは、それとちがって、村落共同体の神事にいわば永久的に残されるから、十八世紀初頭の『琉球国由来記』には筆録されるを得た。内容的に、民間伝承のうむいは、『おもろさうし』のなかの「神女おもろ」「えとおもろ」などに比較されるべきである。

こうした宮廷歌謡成立の事情は、〈記紀歌謡〉が宮廷歌謡として定着してゆく状況の暗部を、いささかなりとも照らし出してくれるように想われる。古代の語部たちの活躍と、〈記紀歌謡〉とは、深く関係があるらしいのだが、ほとんど史料不足であって、暗い欠史時代のできごとのように、解明されない状態に置かれている。南島からの報告はこういう面にたいして光明なのだといわれなければならない。

（1）前節の注（1）論文。比嘉はそこで、仲原善忠の規定にしたがって、第五、七巻は地方おもろの範疇にいれない、としている。

（2）おもろ歌唱者については、比嘉の「琉歌の源流とその成立」〔比嘉c〕に一覧表がある。

（3）本書（「英雄の死」）、参照。

古代文学の誕生　神話から物語へ（三）

神話的充実の喪失

〈記紀歌謡〉の本質をこういう面から考えると、よくわかるのではないか。

神歌のたぐいが、現在の祭祀のなかで、どのように伝承されているかを調べてみると、多かれ少なかれ、その秘儀性ということに行きあたる。

秘儀性とは、村落共同体の祭祀を守るために外部を遮断することがまずある。さらに祭祀団体と一般村民とが区別されるというように秘儀性が深められ、いってみれば外部にたいして二重三重に垣が組まれる。

折口信夫が最初に新野《にいの》（長野県下伊那郡阿南町）の雪祭りに出会ったときに、ちょっとした行き違いがあったという話題はすでに有名になっている。祭祀の秘儀性と、われわれ永遠に無遠慮な見学者とのかなしい行き違いであろう。それから半世紀ののち、ずいぶんひらかれてきた。しかし、なおその秘儀的なふんいきからまったくはぐれてしまっているわけではない。

宮古島の狩俣部落の祖神祭《うやがん》は、ごく最近、また完全に非公開になったと伝え聞く。狩俣や島尻部落の祖神祭にさきだって行われる大神島の祖神祭はもとより秘儀そのものとしてあり、その実態を知る見学者はまったくいないにちがいない。たとい見学しえたにしても、それを生涯、口に出して発表することはゆるされないであろう。大神島は、島の半分が禁足地、とりもなおさず神々の地域になっており、人々と住み分けている。木草、岩根、ひとつひとつにも神々の呼吸が感じられる。ましてや祭祀における、神々の畏怖は想像を絶するものがある。

透き世ゆ、
　山に伝へし　神怒り。
　　この声を
われ
聞くことなかりき

（釈迢空「雪まつり」）

雲祭りの行われる新野の伊豆神社に遷空の歌碑が建てられているのは、遠い南の島めぐりの果てに、いつしか想い出す。雪祭りにつたわる「芸能」は、歴史的時間の尺度からみれば、けっして古くからであるといえないのかもしれない。けれども「芸能」をとおして感じつがれてきた秘儀性、神々の現存の感覚は、はかり知れないほど古く、村落共同体の始原から来るのであった。

神歌は、うたい伝えられるとすれば、この祭祀のなかに保存されてきた。民間巫者が神話的歌謡をやはり秘教的に保存していることも、祭祀の秘儀性に先行すると考えるべきであろう。こうした、神歌の非公開性と、古事記・日本書紀の歌謡（や延いては記紀の神話のたぐい）のオープンな状態とは、あざやかな対照をなしているのではないか。

記紀の神話や歌謡は、秘儀的な本来のありかたをこじあけて、古代国家の統率のもとに公開された段階のものになっている。歌謡はすでに神話そのものをうたうありかたでありえないので、神話的部分を残存させながらも、古代国家のなかへ改編されてゆく過程としてあらわされる。寿歌的な服属儀礼歌はそのような性格を負っている。神話の充実性が喪われてゆく。この喪失をよく見つめておくことにしたいのだ。〈うた〉が自立してくるのはこうした喪失感をどうしても経過するのでなければならなかった。

歌謡の神話的部分が形式上、窮極にまで指標化されるところにいわゆる「枕詞」が残存してくる。増井元が「古代文学の表出の構造を、私は仮りに〝枕詞的表現〟であると想定したい(1)」といっているのは、あじわわれるべき意見だ。現在のところ、近年の成果である吉本隆明『初期歌謡論』の「枕詞論」「続枕詞論」の右に出ているものはない。

（1）増井「《古代文学》論についての覚え書き」〔増井 a〕五八頁。

童謡（わざうた）の成長

わざうた（童謡、謡歌）について——

中国史書の影響のもと、日本書紀の皇極・斉明・天智紀に、「童謡」「謡歌」が一〇首あまり採録されている。これに類似したものに「時人歌」などいくつかあって、わざうたの裾野は広範囲にひろがる。(1)

大毘古（大彦命）が聞いた少女の歌は、社会不安を敏感にさきどりした歌謡で、わざうたの一類であると認定される。少女は「吾勿言《あれものいは》ず。唯詠《ただうた》歌《ひ》為耳《つるのみ》」と答えてすがたが見えなくなった、という怪異を示しているが、古代巫覡の活躍を暗示する（『記』中、『紀』崇神十年条）。

みまきいりびこはや　みまきいりびこはや　おのがをを　ぬすみしせむと　しりつとよ　いゆきたがひ　まへつとよ　いゆきたがひ　うかかはく　しらにと　みまきいりびこはや（御真木入日子《みまきいりびこ》はや　御真木入日子はや。己が緒を　ぬすみしせむと、後つ戸よ　い行きたがひ、前つ戸よ　い行きたがひ、窺はく　知らにと、御真木入日子はや）

（『記』、一八三頁、歌番二二）(2)

何度も引用するように、国巣びとが大雀をうたったという歌謡は、右のようなわざうた的なるものと、あきらかに親近性を有している。

品陀の　日の御子、大雀　大雀　佩かせる大刀。本つるぎ　末ふゆ、冬木の　素幹が下木の、さやさや

（四七番歌）

木の、さやさや、とさわだつ音惑は、古事記二〇番歌・二一番歌をただちに想起させるものがある。歌をもって知らせる、という短歌謡で、うたの作用《わざ》、行為《わざ》をあらわしている。

さゐがはよ　くもたちわたり　うねびやま　このはさやぎぬ　かぜふかむとす（狹井川よ　雲立ち渡り、畝火山　木の葉さやぎぬ。風ふかむとす）（一六五頁、二〇番歌）

うねびやま　ひるはくもとゐ　ゆふされば　かぜふかむとそ　このはさやげる（畝火山　昼は雲とゐ、夕されば　風吹かむとそ、木の葉さやげる）（同、二一番歌）

木の葉のさやぎは、夜に近づくとともにおぞましく想い出される無秩序時代への後退であって、社会不安の原動力が、そのような無秩序のかなたに由来するように感じられているとすれば、不安の予兆たりうるものであった。草木の言語をやめさせることで秩序時代がひらかれてきた、というのが当時の神話的説明にほかならなかった。

　こうしたわざうた的なるものの背景に古代巫覡の活躍がある。南島古謡との比較でいえば、すでに神話そのものをうたう村落共同体段階のそれでなく、高度化している、社会不安がわに荷担しうるちからを持つ存在になっている。大陸の道教的基盤と交渉を持つともいわれる。[3]〈うた〉が神話ばなれしつつ、社会にたいしてちからを持つように複雑化、高度化されてゆく過程に、重大な規模で参加していったのがかれらではなかろうか。そうしたうたかずを、中国史書の眼からとらえかえせば、謡歌（わざうた）になる。
巫覡の活躍は、しかしながら、秩序の強力な再編、回復の方向へと、結局、荷担してゆくようにはたらいた、ということもまたまぎれもなく歴史的事実が教えるところであった。服属儀礼的な寿歌が整備されたのもつまるところかれらの手によってなされていったという面が見いだされよう。

巫覡とわざうた（童謡）との関係を推測させる興味深い説話が『宮古島旧記』[4]のなかにあるから紹介しておく。勇猛な飛鳥爺《とびとりしゅう》を一人娘於母《おもふ》婦に聟どりたいと願っていた西銘の按司という長者は、西銘の司という老婦の謀をいれる。老婦は、まず、一斗の餅を持って飛鳥爺のいる村へ行き、童どもをあつめて、餅をあたえていわく、「我は神女なり、汝らに幸を教うるなり」とて、あやごを謡ってならわせると、神女の教なればと、子供たちは心をとどめて受け覚えた。このあやごの心は「西銘の按司のひとり娘おもふは、その容貌玉のごとくにして世にたぐいなし、飛鳥爺ならずして誰かこれを求めん、とびとりやこれを娶らば、西銘の主は飛鳥爺ならずして誰ぞや」という。このあやごが遠近にきこえたので、飛鳥爺はただごとならずとて西銘間切を訪ねる。。按司、しすましたりと喜び、「ここにも神の告ありて」云々とて、やがて婚礼かたのごとくとりおこない、飛鳥爺は入聟して西銘の主となった、という内容の説話。

巫覡のあやご（神歌）が童どもをとおして社会化されるわざうた発生の状態をよく示している。日本古代にひきあてるならば巫覡が「神語（かむこと）」をふりかざして活躍した時代に相当する。「古こと」が固定化した詞章になってゆくことに一役買っていよう。それは原生的な神話が急速に崩解、後退してゆく過程でもあった。

古代巫覡の活躍について、さきにすこし述べたところ（四九―五一頁）へ、ようやく帰ってゆく。常世蟲の信仰は、古い異郷幻想の神話をベースにして、現世利益の思想化をもくろむ新興的な宗教に成長した。すでに原生的な段階ではないわけで、史上の秦河勝によってうちほろぼされた。このときの「時人歌」がつたわっている。もういちど書きあらわしておけば、

太秦は　神とも神と　聞え来る　常世の神を　打ちきたますも　（『紀』、歌番一一二）

これは「時の人」の「作歌」とあって、多田一臣もいうように、(5)一種の童謡《わざうた》として、「常世神を信じた人々と同一レベルの人々によって生み出されたもの」（多田）と解するのがよい。

社会にひろく流行病のように行われるわざうた（童謡）は、いってみれば祭祀のなかの

神歌の秘儀性と対照的の、オープンな性格において特徴づけられる。〈記紀歌謡〉は、わざうたがとらえかえされる時点で、その終局をむかえると、だいたい言うことができるのではないか。

（1）六国史や日本霊異記などにわざうた論の対象となるべき歌謡を多く見いだす。
（2）『紀』一八番歌に同じ。ただしはなはだしく異同がある。
（3）参照、下出積与『日本古代の神祇と道教』第三章「常世神信仰」、〔下出 a〕。
（4）『宮古島旧記並史歌集解』〔稲村 c〕、一〇頁。
（5）多田「童謡覚書」〔多田 a〕。

語部（かたりべ）の位置

語部については、かつてこのように書いたことがある。いま、みずから読みかえしてみて変更を認めないので、長くなるけれども引用しておきたい。

かつての生きた熱い存在としての語部の機能と実態とはどんなだったのだろう。いくらかの学者（たとえば津田左右吉・岩橋小弥太・武田祐吉・石母田正・上田正昭ら）がトライした、この問題についての「成果」をここではくりかえさない。……片々たる文献から推しさかのぼってゆく議論ばかりだが、まさに無文献時代にこそ語部の存在理由の全部があったのだから、文献を操作してゆくそれらの議論には、極端に言って、私がいま就いてゆく義務はないように思われる。無文献時代の語部の本質がぬきさられることによって文献的に、サヴァイヴァルズとして後代へ保存せられたのが私たちの知る「語部」だ。そのことの意味を考えることがここでは重要なのである。

つまり、確実なことは、唯一、語部が滅んだということだけではないのか。生きている熱い存在から冷えたサヴァイヴァルズの存在へ、いつのころか、どのようにしてか語部が移行したという事実だけが確実なものとしていま私たちのまえに据えられている。私たちはさしあたりこの一点の事実に注目し、そこから説きおよぶしかない。

語部はなぜ滅んだのか。

語部は、本質的に、政治と宗教との結節点にいたのだ、ということだけがわかっていればよいのだと思われる。両方がまったく区別されない段階にあっては、語部なるものは「まつりごと」なる単一態に埋没し、したがって歴史のはじまりようがなく、文学もまた発生するを得なかった。政治と宗教との抱合状態の揺動とともに語部は、政治と宗教とが未分化状態であるかぎりにおいて存在した。政治と宗教とにたずさわった氏族や部曲は他にいくらもあった。それらは政治と宗教との分化が進むにつれて政治か宗教かのいずれかに職掌をもとめて行った。しかるに政治と宗教との分化が進むにつれて語部だけは滅亡した。まさにこのところにこそ語部の語部たるゆえんの生と死とがある。

「物語の発生する機制」〔藤井貞和 a〕

読みかえしてみると、文献を否定しているみたいな文章になっているのは、語部の実存を言いあてようとしているので、文献の調査だけは徹底的におしすすめたうえでの発言である。ただし、研究については、「いくらかの学者」のなまえのなかに、横山重〔「語部に就いて」〔横山 a〕〕・倉野憲司〔『日本文学史』第三巻〔倉野 a〕〕を落としているのは、おそらく当時読み落としていたので、この点の不備を認めざるをえない。横山のは折口信夫の講義ノート的な性格をとる。倉野の研究は語部の農民的性格についての考察が実態へ届いていないように想われる。また地方的首長への隷属性をまったく否定し去ることにも承服しえないものをおぼえるので、そのあたりのことを、以下に、書き足しておこう。

語部が語部として成立するまえの状態を想像することは、文献主義的立場に立てば、ほとんど無意味である。しかし、ここまで書いてきた本稿の叙述からすれば、かれらがシャーマン家のすえに位置していることを、どうやら推定してみることは、あながちに見当はずれでもなかろう、という気がする。語部は原シャーマンに起源を持ち、地方豪族に早くから所属して祭祀の詞章や歌舞の伝承のことにたずさわっていたのが原型であろう。いうまでもなく、他の部民に同じく、農耕生産に従事していた。

大和朝廷による支配化がすすむとともに、語造《かたりのみやつこ》という中央(?)豪族のもとに統率せられて、名実ともに語部が成立する。地方豪族(国造)が中央国家へ服属するという切実な歴史を年々更新するかなめのところに語部は位置していた。カタルとは共同するためにとりもたれる言語活動であった。語部は、端的にいえば、そうした服属儀礼をこととしていたが、服属のいわれを言語活動で説明するという方向にかたむいてゆく。なお、うたと語りとの未分化な状態を充分に考えておく。いずれ大化前代のことに属する。

琉球第二尚氏の尚真王(西暦一四七七―一五二六、在位)は、封建制度をおしすすめたから、かつて地方按司に仕えていたおもろ歌唱者たちは、主人にあたる地方按司が首里へ移動するとともに、それについて上京し中央官廷の歌唱者になるか、それとも地方にいておもろ歌唱者であることをやめるか、二者択一をせまられたと想われる。前回に述べたように、十七―十八世紀には、「地方おもろ」は、地方地方からすっかりすがたを隠した。衰滅しはてたのであろう。

大化前代の古代日本では、地方豪族が温存せられ、服属儀礼によって中央朝廷に支配されるかたちであったから、その接点たる服属儀礼にたずさわっていた語部らは、いってみれば中央と地方との二重支配を受けているような実態ではなかったかと想像される。

大化改新とともに、中央集権化への革命的な断行は、そのような前代的な中央と地方との関係のうえにのみありえた語部らの、実質的な存在意義を根本から変えてしまう。井上光貞はかつての品部制が律令制度の下級組織へと再編されてゆく過程で、廃止されていったひとつとして語部を挙げる（「部民の研究」『日本古代史の諸問題』、〔井上 a〕）。

実際には大嘗会に際して「古詞」をささげる役割を負って、平安時代を通じて「語部」なるものが、大嘗会のつど、特定の地方からあつめられることをくりかえしている。大嘗会は、天皇の代がわりごとに、時間を原古へ還すという、最も重要な儀礼であった。儀礼のうえでは不可欠のものとして、天皇の代がわりのたびに、原古のかなたから語部は呼び出される。実質的な存在意義は国造制のもとにおいてありえたので、制度の発達とともに、語部の持っていた未分化な状態でのさまざまなしごとは、他人による分掌がすすみ、文字文化の滲透によって語部を過去の残存物たらしめるにいたった。

異郷論、ふたたび

さいごに、異郷幻想へと、叙述はめぐるようにして帰還する。神話の源泉にあるこの世ならぬ楽土、豊穣・生命のいっぱい詰まっている幻想上の他界を〈異郷〉としてとらえた。常世信仰、根の国信仰、さらに妣国とも称されるそれのこまかい区別は、いろいろと調べてみても、ついによくわからない暗面を持つ。〈異郷〉は社会観念の成長につれてどんどん進展しているのだ、ということがいえる。〈異郷〉をそのような動態においてとらえようと想う。そうでなければ、また常世信仰や根の国信仰が、古代日本において急速に、ばらけるようにして亡滅し去ったことを説明しにくくなる、と想われる。

南島諸地方にいまなお生きている海彼の〈異郷〉の信仰が、古代の日本列島の中央部で早く亡滅したのは、いうまでもないことだろうが、海洋的性格を、古代の日本列島の中央部が、うしなっていった、あるいははじめから持ちあわせていなかったからであった。海彼の〈異郷〉が早く亡滅したことと対照的に、山中他界観は古代から近年にいたるまでよく保存せられてきた。[1] 海は古代のしょっぱなにおいて大きく後退していった。

神話が固定的な詞章としてあり、それがふるい(＝古《ふる》)ことであると観念されるのは、それが過去のものになりつつあることを示している。神話が過去的なものに決定的になってゆく時点で「ふること」を集大成するというたてまえの古事記は編纂せられ、詞章の固定が最終的にこころみられた。

〈異郷〉が見うしなわれて、悲哀にみちた喪失の感情とともにそれのふたたび帰らざるものであることがひとりひとりのなかに確認されたとき、物語文学ははじまる、というふうに考えることができるのではないか。

物語文学そのものは九世紀後半にならなければ出現しないにしても、それにいたる精神伝統の醸成には長い時間がかかった、と想われる。そういう精神伝統まで考慮にいれると、物語文学の始発するばしょは、はるかな神話的世界の秩序が、古代国家の進展とともに、急速にばらけてゆき、古代人の精神が、さまざまな喪失の感情をかかえて、いわば右往左往するという空き地に、はやく胚胎したと想う。

物語文学の舞台は、神話とちがって、現世的で、人間を主人公ないしテーマにしているということが最大の特徴だ。このことについてはとりたてていうまでもない。舞台の中心が人間界にすえられている、ということとともに、注意しておかなければならないことがある。それは、物語文学の、えがかれざる舞台のそとがわに、〈異郷〉界が意識されている、という感じであって、その意味で、物語文学は、神話性をやはりかかえ込んだ文学なのだ、という一点であった。

竹取物語の女主人公かぐや姫は、〈異郷〉月の都から来て、またそこへ帰還した。その通過する地上に舞台は限定せられ、天女かぐや姫は地上で人間生活をともにし、しだいに人間感情を理解するようになるが、時いたって天上に帰還する。〈異郷〉界との緊張関係において地上は舞台たりえている。

物語文学は、〈異郷〉を、喪失から、はげしく奪還しようとする運動でもあると見かたを変えていうことができよう。宇津保物語や源氏物語の主人公たちが物語のなかにうちたてようとした、この世の楽土とでもいうべき荘厳をきわめた富の集中は、〈異郷〉幻想を現世にもたらそうとする、地上の神話とでも称すべき世界であった。

（1）参照、伊藤幹治『稲作儀礼の研究』五章「稲作儀礼に現われた神観念」、（伊藤a）。

詩をつらぬく特徴、おわりに

古代日本は、神話そのものを急速にうしなうことによって、〈うた〉の自立をうながしてきたし、また一方、うしなわれた神話をみずからのうちに回復するようにして、自由な語りの領域を確保してきたところに、物語文学の大輪をひらいた。

神話そのものが急速にうしなわれた理由は、やはり中国大陸の文化や文学（文字をともなった）の甚大な影響ということ以外に考えられない。神話が自律的に崩壊しあらたな文学がそのなかから生まれるというかたちであるならば、たとい千年をついやしてもなおその歩みは遅々たる状態であったのにちがいない。

そのような自律性は古代日本のしょっぱなにいきなりうちくだかれた。神話の断片は史書の体裁をとって改編せられるか、あらたな神話のよそおいをこらして「ふること」を称する固定化された書物（『古事記』）にしたてられた。歌謡は急激に文学的自立のみちをのぼりつめ、『万葉』の世界へと抒情化されてゆく。古代日本の当初から文学らしさをあたえられたのである。急激にうちくだかれた神話的なるものは、ばらばらになってそこここに残存し、またそうしたものの喪失の感情を生いそだてて、古代日本の文学に独特のかげりを作り出す。その意味で古代日本の文学は、神話性の色濃く染みついた世界であると見なすことができる。

われわれの詩は、物語文学とからまりあいながら、千数百年にもわたり、近・現代にまでそのような特徴を引きずってきたのではないだろうか。

本稿は、できるだけ若い沖縄学の荷い手たちの、研究成果や、古謡の発掘といったしごとを利用し、また紹介しようと意識的にしてきた一面を有している。そのために、伊波・仲原・金城朝永らのしごとにはほとんどふれていない状態になった。

なにかが、すこしは見えたか。

見えない領域もまたひろがってきた。

「亡滅の歌」

黒田喜夫覚え書き

「古日本文学発生論」を書こうとして、〈折口学〉のさけめに、問題の垂心を下ろそうとするのに、しだいにあらわになってくるのは、吉本隆明氏と、黒田喜夫氏との、いってみれば乖離である。

吉本氏が『共同幻想論』を書いたとき、反普遍《ふへん》の深みから執拗に異和の角度を自己にむかって垂らすようにして反『共同幻想論』を切りひらいていったのは、のちにもふれるように、米村敏人が書いているとおりで、黒田氏が、ほとんどひとりであった。[1] それは『彼岸と主体』であったが、[2] 以後、黒田氏は反普遍の方向をさらに深めてきた。

黒田氏は天真の想像力的な詩人だ。氏は反普遍の方向を深めてゆくが、それは普遍への途にたいするのに、私性をぶつける方法でなく、氏は、むしろ、反私性の資質の詩人なのだ、と想われる。すぐれて想像力的な湧泉《ファンタン》は、私性によりかかる私性的な詩人たちとは異質な、幻想の瞬発力によって詩を書く。

この資質が『彼岸と主体』を、そして「一人の彼方へ」を書かせている。私は「古日本文学発生論」で、黒田氏のことばを「一人の彼方へ」から、ふと引いたのだった。左にもういちど書き出しておこう。


さらに、わが北辺の唄の無声へ向かうために、対する南の地の深みのうたの方へ――。(3)


ここに、ふと、黒田民の「亡滅の歌」について、書いてみたく想う。この「無声」とは、ただに北辺ばかりのことであるのか。われわれの近代をも、都会の辺境をも襲う「無声」であるだろう。

しかし、「無声」を、そのように普遍的にひろげることに、黒田氏は、暗く、優しく、拒否しようとされるであろう。普遍への、つめたく何かが切りすてられる理論やシステム的思考を拒否する。しかしそれは、黒田氏の私性ということとはちがうはずだ、と想われる。私性、ということから、どこかでわかれているように考えられる。私性にたてこもることから、普遍を撃つ、ないし拒む、のではないのだ。

おそらくこの、反私性ということについて、清水昶も、米村敏人も、誤解しているはずがない。黒田氏への接近が、われわれの私性を強《し》いられるということと、黒田氏の反私性とのあいだに、行きちがいや矛盾は、ないはずだ――。

私はいま、加藤典洋の新しい黒田喜夫論（「〝ことば〟との格闘」、『解釈と鑑賞』〔加藤a〕）を披《ひら》いている。加藤はいう、「ぼくはこの小論を書くにあたり、清水昶・米村敏人の詩と詩論をいくつか読んでみたがぼくの考える本質的な影響関係を見つけることができなかった。……」云々と。

「本質的な影響関係」とは何だろうか。

影響関係というものはわからない。しかし、「近代」や「都会の辺境」といった私性からの接近が、不当であるいわれもないように想われるのだが……。

黒田氏と、吉本氏とのかかわりだが、米村敏人は、『わが村史』（国文社、〔米村a〕）のなかで、左のように述べている。

> かつて吉本隆明が『共同幻想論』を著したとき、一人の民衆のやみがたい生の理由、といった視点から垂鉛のように確実な反意を示したのは黒田喜夫ただ一人であったと記憶する。もちろん外にも共同幻想論批判はあったわけであるが、そのいくらかは単なる読みちがいであったり、また批判の根拠が吉本の論考に対して圧倒的に脆弱であった。[4]

米村の想いは、ときが経つのにしたがって、ますます、私のなかにも深められてくる。黒田氏は「一人の民衆のやみがたい生の理由、といった視点」を、暗く、低く、『負性と奪回』『彼岸と主体』以降へのばしている。たぶん、吉本氏とふれあうことはふたたびありえないだろう。

『彼岸と主体』以降へ、黒田氏がどう、問題を深めたか、氏じしんの述べる趣旨は明解をきわめている。

『彼岸と主体』の場合は、言ってみれば、われわれの歴史・文化を形成してきた農耕共同体――その原基である稲作共同体をもとにして、そこの生活民の彼岸意識、他界意識を現代への問題にしたつもりなんですが――。そしてその際は、近代におけるナショナルな統合体としての日本と、原基的な稲作共同体をもとにした列島上での国家統合なるものを、お茶ツボのようにぴったり合せて、そのお茶ツボを動かすべからざる自明の前提として、その限局された領域でものごとを言ったと思うんですね。

今回は「亡滅」という固有の構造＝意識を導入して問題の基底部をさらうかたちに、深化がこころみられた。

（……）

それで、まあ「亡滅である土着」というようなことについて言えば、日本の衆夷の肉体性といったものは、例えば南島歌謡のなかの感性的な表われに一つ歴然としていると思うんですが、それを自分の現存とかかわらせて考えていけば、一方の東北地方、北辺においては民衆の対自然の場の歌、あるいは共同体の自生文化の実質というものを求めて下に入ってゆくと、「亡滅」という空無の存在に突きあたると思うんです。歴史的には、八世紀を中心にした大和権力の東北征服と、それにつながる近世以降の北辺のアイヌの亡滅が表わすものですが、そこでは、しかし「亡滅」を内的な構造にして土着が形成されていることを、いままでのどんな辺境意識も避けてというか、意識もしないで通り過ごしてきていると想うんです。

（インタヴュー「亡滅の歌」、〔黒田 b〕）

「土着」の内的な構造を問いかけたのは、黒田氏がはじめてだと想われる。「一人の彼方へ」(一)—(七)（副題「わが回帰」、『ユリイカ』断続連載、〔黒田 a〕）はそのこころみである。氏の「一人の彼方へ」稿に向けて、どういう問題を対置させることができるか、というふうに考えてみることが、ひとつの読みかたとして、ありえてよいだろう。

つまり、「私性」を、「普遍《ふへん》」を、ぶつけてゆくという読み。——ぶつけてゆくかぎりで、息ぐるしく終わらざる解読の旅をゆくのでしかないにしても、その黒田氏の鎮められざるもの、亡滅のかたちを、かたちとして、見えるものの位置へ据えてゆくという結果を生むのだ。「私性」「普遍《ふへん》」の読みを、黒田氏の想像力にむかって、いちいち対置してゆくことが、作業の一過程に、あってもよいのだと想われる。

鎮まる、とは、鎮められる、とは、どういうことであるかを問うであろう。鎮まらざる終わらざる深い傷痍にむかって、治療を問いかけるように。

〈津軽産の詩人の「歌」が表した或る異風性、というより、むしろその一つの歌が歌の外の、周りの、鎮まらない未生の傷をひらくというような仕方で指したと思うそのものへの想い〉！

〈その田に立つ噛み切られた草類、噛み切っただろうところの居ない狂婦、狂える婦を現存させる鎮まらざる念慮〉！

と、氏はいう。

想うに、鎮まらざるものの鎮めにおいて、芸能が発生してきたことともまた、ほとんど疑いをいれないことであった。芸能、といっていけなければ、日本の芸能である。「亡滅」を、構造としてそこにかかえこんでいるある客観的なかたちは、多くの始原的な芸能に、現在きわめて豊富に見いだされる。

鎮めは、だから、日本というような或る空無にして実体論的な存在のなかに仮構されてきた、という、その仮構における「亡滅」の構造を、いわば大和中央のほうからも、見いだすことができる。いや、黒田氏のいう意味で「亡滅」と、いうべきでないのかもしれないが、「亡滅」させられるべき方向からの継承というのに近く。

鎮めを、ただに対置させるというのにすぎない。黒田氏の鎮まらざる「亡滅」は、その対置によって、より現存的な、辺境そのものとなり、顕《た》ちあらわれてくると見える。「亡滅」とは、辺境そのもの、その意識にあらわれる真の辺境なるものではなかったか。

黒田氏が、北辺の「亡滅」と対照的に、あらわしてくるのは「南の海の果」の唄と郷とである。

そこでは、すでに民の共同の場の唄としての基盤を離れて、所謂座敷唄となってあるものさえ、その民衆的な肉体性と叙情性の(日本島の民謡とは異る)響和をもっていると思うが、なお直接に、その島々の共生的基盤——村落共同体の生成にふれて成された神歌《ニール》とその周辺の唄などをみるなら、日本島の民謡の崩れとのいちじるしい違い

がそこに明らかなのだ。(5)

すなわち、南島の、歌謡と、古代的な村落とのあらわす世界は、辺境とちがう。それを辺境的なるものとみなさない。北辺の「無声」から見られるとき、南島の、歌謡と、古代的な村落とは、原型的な、核心的な何ものかであるのにちがいない。

「いちじるしい違い」とは、まず、そのような意味で、辺境（北辺）から見られた異質性であるだろう。官能的な原型、共同体創成の核心を、宮古島の神々にかかわる歌謡や、さらには『八重山古謡』に、ふれるようにして見いだすであろう。

これだけが、異質性の本質をつらぬくと私は考える。もういちど引けば――

さらに、わが北辺の唄の無声へ向かうために、対する南の地の深みのうたの方へ――。

もちろん黒田氏のモチーフは「北辺の唄の無声」にあるが、その対極にひきよせられる「南の地の深みのうた」とは、北辺にたいするもうひとつの辺境なのではさらさらないのだ。

私はきょう、いちまいのハガキを那覇から受けとったが、差出人は二年まえに東京から那覇の教育機関に赴任していった友人で、かれは、ハガキの中に、「ウチナンチュー（沖縄人）はかぎりなくやさしいのですが、僕がヤマトゥンチュー（日本人）であるという一点だけはゆずらないだろう」と述べている。

そのとおりだと私も想うが、同時に、なにか悲しい。かれがハガキに述べているある種の異質性の想いは、現実を大きく支配している異和であるにもかかわらず、それは、本質にかかわる異和であるか、考え込まないわけにゆかない。

日琉同祖論も、日琉同祖論の再検討も、同じレベルであろう、「日」と「琉」との並立にとどまるかぎりは。黒田氏の今回の「一人の彼方へ」は、かかる「日」をつきくずす強力な役割を荷っているが、それは「琉」をも切りくずしてゆく強力な意図をひめることになろう。

（1）『共同幻想論』に反論した別の論考に、たとえば山口昌男のもの（『日本読書新聞』発表、『人類学的思考』所収）がある。吉本氏と、山口氏の考えかたとの対立は、まったく違った発想から生じる性格のものであって、こういう対立は、どこまでも延長されるであろう。しかたのないものであり、どちらが正しいとか判断するのは無意味である。一般に雄大な構想を持つ書物が、書き結ばれるためには、反対的な発想を最終的に締め出して書き結ばれるから、それだけ弱点をも抱え込むことになる。山口論文はその弱点を突いたのにすぎない。吉本氏に『書物の解体学』を書かせた一端は、この弱点が吉本氏にもとうぜん自覚されていたからだろう。

（2）『彼岸と主体』中、「負の解放」の部分をぬって、「共同幻想」のいわば内視的な方法がこころみられる〔黒田c〕。

（3）「一人の彼方へ(五)」。

（4）未発表のまま『わが村史』におさめられた書評文である「黒田喜夫『負性と奪回』」から。これはすぐれた書評文であった。なお、中村文昭が、米村の『わが村史』を書評するのにあたって、ここから切開したことがある（『週刊読書人』での書評だったと記憶しているが……）。

（5）「一人の彼方へ(五)」。

日本神話と歌謡

1

南島古謡のかずかずは、われわれのいわゆる上代歌謡、記紀歌謡の世界に、側面から光をあててくる。

沖縄本島北部・国頭地方のウンジャミ（海神）祭は、あたかも「海幸・山幸」神話の海幸（海神）を勝利者に、山幸（山神）を敗者にしたような、猪狩りの所作儀礼が行われるので有名だが、そのときにうたわれるうむいは、明治年間に、早く田島利三郎が「シンマ神ノオモイ」として採録している（『諸問切のろくもいのおもり』(1)）。

これは「山のうむい」とも言って、小野重朗氏によると、ウンジャミ祭の猪狩りの遊び（遊びは神の所作を演ずる所作事）において、山神がうたう五音律のクェーナ形の叙事歌で、それはサス祝女《のろ》、ビマ祝女による狩猟創始、猪狩り事始めを歌った創造神話なのであった（小野「南島の生産叙事歌をめぐって――神話・歌謡・芸能――」、〔小野b〕[2]）。この小野論文は、発表されてまもないものであるが、〈神話〉と歌謡との関係を統一的にとらえるきわめて示唆的な論考で、今後の「古代歌謡」研究のための、重要な礎石となる。おそらくこういう図式をこれは擁している。

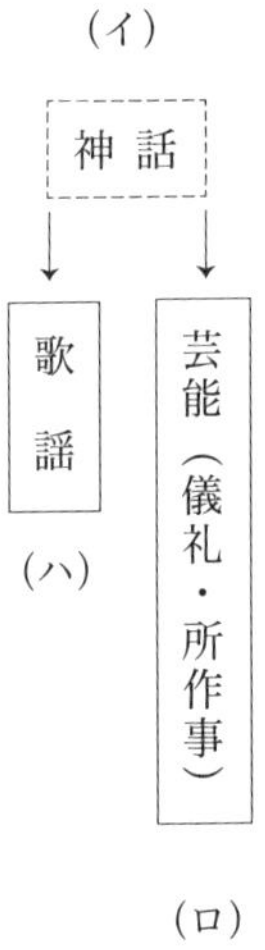

祭祀における儀礼は、原古に創始されたことのくりかえしとして眼前に所作事を行うことであって、それは原古に帰還することでもあった。祭式における歌謡はまさにその原古における創造神話をうたう。「サス祝女、ビマ祝女は奄美で芭蕉布を作り始めたというイインジャ親祝女に相当する人物で、アマミキヨ・シネリキヨにつぐ亜創造神といったとこ

ろであろう」（小野）。

(ロ)芸能（儀礼・所作事）と、(ハ)歌謡とがそろっているウンジャミ祭は適切な典型である。しかし、このふたつがそろっていなければならないことはない。これは共通の祖源(イ)神話にたいする、ふた通りの説明の仕方であって、(ロ)芸能（儀礼・所作事）と、(ハ)歌謡とは、別個の発展をする。いうまでもなく一方を欠落、あるいは一方を偏重した祭祀をわれわれは無数に知っている。祖源の(イ)神話がわからなくなってしまっても、あいかわらず所作事を残して毎年執り行っている儀礼は全国的に多い。もし共通の祖源(イ)神話をうたう歌謡がのこっているならば、僥倖であるが、とにかく神話の内容をより具体的に知ることができる。ウンジャミ祭の、猪狩りの遊びは、創始者サス祝女・ビマ祝女の行為をまねるものであることが「山のうむい」によって知られる。もし「山のうむい」がなければ、猪狩りの所作事は、サス祝女・ビマ祝女の模倣であることを、やがて忘れてしまうかもしれない。しかしそれでも、所作事はつづけられてゆく。

(イ) 神話 → 芸能（儀礼・所作事） (ロ)

(イ)' 神話 → 歌謡 (ハ)

いちおう右のようにふたつに分けておくのがわかりやすいと想われる。芸能（儀礼・所作事）を切りはなして、〈神話〉と歌謡との関係を考察することがこうして可能になってくる。

(1)『日本庶民生活史料集成』（第十九巻、南島古謡）、二四三頁、および稲村賢敷『沖縄の古代村落マキョの研究』（稲村b）、三八三―三八四頁所収。

(2)『南島の古歌謡』（小野g）所収。小野氏は『文学』論文中の「山のうむい」の引用を稲村賢敷「日本と琉球」（稲村d）より引いた旨、注記があるが、厳密な引用になっていないのは仕方がない。稲村『沖縄の古代部落マキョの研究』六〇―六一頁の「山のウムイ」の詞章も修正をほどこしたものらしい。

2

昔《むかし》ぬ・けさしぬ　有《あ》たる事《こと》・為《し》たる事《こと》　さす祝女《ぬる》と・びま祈女《ぬる》と　だしちゃ真弓《まゆみ》・
桑木《くわぎ》真弓　造《くぬ》みようて・巧《たく》みようて……（小野g）

「昔ぬ《(の)》……」と、このうむいはうたいはじめられる。『おもろさうし』の有名な開闢神話をうたうおもろ、また『久米仲里旧記』の「御たかべ言」「かういにや」「おもる」などに、「むかし……」とはじまる、この「むかし」こそは、原古を特定する指標になる語であって、本土だと古伝承の世界から昔話、物語文学にまで、ひろく見いだされる無視しえない一語であった。もちろんこの語がなければならないということはない。この語がなければ原古を特定していないことになるということはない。この語がなくても神話的な原古を歌謡がうたうというかたちはいうまでもなくありうる。

ところで本土古代の歌謡に「昔……」とはじまるものはない。本土において、歌謡は、およそ文献にあらわれているかぎりでいきなり多様化・高度化・複雑化・抒情化しており、「昔」という指標はむしろ非歌謡的部分（古伝承の世界、昔話・物語文学）に見いだされるが、しかし非歌謡的になってしまっているそれらの淵源をたどれば、叙事歌謡的なものであったかもしれないことは、古事記の地の文の特殊な表記に残されている文体から判断して、充分に想像されなければならない。ふと、池宮正治氏の発言をここに引いておきたいような気がする。「なぜ記紀歌謡は物語そのものを歌わないで、物語を散文に譲ったのだろうか。琉球文学では、特に宮古や八重山の歌謡においては、神々や共同体の来歴であるとか、歴史的事件、英雄の物語であるとか、いわば共同体の物語（歴史）は、韻文で歌われて保存されているのである。……記紀の散文に相当する部分が、その以前にあっては、琉球文学のように歌われていたことは想像にかたくない」（池宮「上代歌謡と琉球文学」『記紀歌謡〈古代の文学1〉』、〔池宮b〕、二〇一頁）、云々。

これは南島古謡のほうから発言されたものと見るとき、重要な示唆を含むものであるように想われる。私は一昨年度の書きもののなかで、どうにも考えあぐねて、「記紀歌謡の前代や、うしなわれた部分に、南島古謡のある部分を置いてみる、という大胆な仮説的操作にふみきれない自分のいまをもどかしい」（「南島古謡の魅力」『解釈と鑑賞』、〔藤井貞和b〕）と書いた。今回ある雑誌で日琉古代文学の発生を比較するようなかたちの連載を、昨年から今年にかけてつづけてみて、それ（「古日本文学発生論」『現代詩手帖』〔藤井貞和c〕）をおえようとしている現在、一昨年来の「仮説的操作」を、ようやく強力におしすすめたいようなきもちになってきた。神話の濃度その他から判断して、もちろん大まかな見通しであるが、記紀歌謡の以前へ南島古謡の世界を置く。

〈南島古謡〉の世界
↓　〈神話〉の後退
↓　多様化・高度化・複雑化・抒情化
〈記紀歌謡〉の世界

池宮氏もまた、「沖縄の古謡が上代歌謡の前に位置するとすれば、その上代歌謡が古謡に接続する次の時代の物語歌謡に近いのは当然ではないかと思われる」（二一〇頁）と述べている。ここで彼のいう「物語歌謡」とは宮古や八重山に発達する「物語性（叙事性）をもった歌謡」であって、祭式から自立しているという。

微視的な比較研究が行われなければならないが、大ざっぱな見とおしとして、本土中央の「古代歌謡」を、それ以前の神話的歌謡から来たもので、抒情化していても神話の構造を残存させながら発展してきたことはおさえておくのがよい。神話的歌謡とはどのようなものであったかといえば、南島古謡がそれを髣髴とさせてくれるのではないか、というのが見とおしなのであった。

3

短歌謡は、記紀歌謡のなかで比較的新しい成立であるように考えられている。南島古謡に見ると、神話をうたう叙事的な歌謡は、長篇であるのが一般のようであるから、そうした叙事的歌謡からの離脱として高度化・抒情化されるとき、短小化して短歌謡を産み出すということは考えられる。比較的新しい、とはそのような意味で肯定される。たとえば『記』冒頭の歌謡には短く、五七五七七からなる。

八雲立つ　出雲八重垣」（a）
妻籠《ご》みに　八重垣作る　その八重垣を」（b）

おそらく原古の神話を提示しているのが（a）であって、それを原神話での詞章であると見るのも可である。古代歌謡は、圧倒的な神話のリアリティのもとに、それにもたれきったところからやや身を起こすようにして新たにうたい出される。（b）はうたわれる現《い》在《ま》を、原古の時間（a）にたいして、提示している。

しかしこのような歌謡をうたう眼目は、（b）のような現在を提示して、それを（a）の原古の神話へ合一させることにある。「八重垣作る」という眼前の婚舎（宮）を原初の（＝「その」）八重垣であると指示するのだ。神話そのものでなく、それを現在へ連続させるモチーフにおいて歌謡がうたわれている。酒の起源説話（＝神話）を背景にしている歌謡（『記』三九番・四〇番・四八番歌など）その他、こういう機制のものは多い。このような歌謡は、背景にある圧倒的な神話をとらえかえしたり、眼前の行為を神話的原古と同一視したりしようとする、一種の呪術としてはたらく。こうした機能は、神話に近くうたわれている南島古謡の世界よりも高度に発達していると見るべきで、短い歌謡であるのはそれが神話そのもののうたいあげではないからだ。

比較的長い歌謡では、『記』の、ひきつづく二―五番歌である「神語」を想いうかべることができる。

八千矛の　神の命は
八島国　妻まきかねて
遠々し　高志の国に
賢し女を　有りと聞かして
くはし女を　有りと聞こして
……

これははるかに神話に近くうたわれている。だから長歌謡的なのだということはいうまでもない。しかし神話そのものでなく、現在に連続している、現行祭祀の歌謡であることは地の文に「今に至るまで鎮まり坐す」とあるのによって暗示される。また「八千矛の神の命は」の一句は、背景をなす神話によってすげかえ可能な部分として、ここに出されている。地の文と歌謡とは、背景をなす神話において緊密に連絡しており、恣意的な挿入ではない。対句《つい》進行は南島古謡の典型的な形式である。私はこの一連の「神語」に、八重山のゆんぐとぅ（一人語りによるややこっけいなもので本土の「早物語」にくらべられる。）を想いあわせたくなる。ゆんぐとぅのしめくくりは「ゆー」「ゆーひされー」「しぃされー」「ゆーしぃさり」などとあって、昔話のおわりなどにみられる伝承体の形式をとっており、「ことの　語りごとも　こをば」という「神語」（や「天語歌」）の結語部分に比較することができるであろう。

4

もう一例、出しておく。

こもりくの　泊瀬の川ゆ

流れ来る　竹の
い組竹　よ竹
本へをば　琴に作り
末へをば　笛に作り
吹き鳴《な》す　御諸が上に
登り立ち　我が見せば
……
（『紀』、九七番歌）

これのなかの「流れ来る　竹の　い組竹　よ竹」あるいは「本へをば　琴に作り　末へをば　笛に作り」というのは、五・三音、五・五音の、南島古謡に見られる「くぇーな」形の進行にかよう。ただし囃子詞はわからなくなっている。「くぇーな」形の歌謡ならば囃子詞がほしいところで、「い組竹　よ竹」というのをそれにひきあててみるのは一案だが、それでは「くぇーな」形がくずれるので、断定できない。この継体紀七年条の歌謡は、そのような神話をうたう原歌謡そのものではないから、囃子詞がよくわからなくなっているのだろう。「琴を作り」云々は、琴・笛の起源をうたった詞章の断片ではないかと考えられる。「山のうむい」に「だしちゃ真弓・桑木真弓　造《くぬ》みようて・巧《たく》みようて」云々とあるのは、猪狩りのための弓を創始したことをうたっている。それを、ここに思いあわせてみるとわかるのではないか。琴や笛の起源をうたう神話が存在していた。冒頭の二行は琴や笛の原料である「竹」の神秘な出現をうたう。川の上流は神秘な異郷でなければならない。「……泊瀬の川ゆ」の「ゆ」は、上流から流れてきた、というすなおな解釈がよいので、「ユはここで経過する場所を表わす助詞」（土橋寛『古代歌謡全注釈・日本書紀編』〈土橋b〉）というのは、聖なる竹の神秘な出現をうたう神話性を見あやまるもの。

（むかし）、こもりくの泊瀬の川の上流から、流れて来た竹の、（い組竹よ、よ竹よ）、根もとをとって琴に作った、てっぺんをとって笛を作った、その琴をかき鳴らし、笛を吹き……

という琴や笛の起源にはじまる、なんらかの神話がうたわれていたことが考えられる。いわゆる「序詞」の発生はこのあたりにある。記紀歌謡は、原歌謡を「序詞」にして、「……御諸が上」につづけた。つづきぐあいはよくわからない。原歌謡の神話がわからないので、われわれには不明になっている。この歌謡は、単純な国見歌ではなく、また継体紀七年条の説話に習合していったみちすじがよくわからないにしても、原神話がそういった事情にいろいろと関与しているようだ。

こうした複雑な成立については、南島古謡の世界を前提に置いてみてはじめて見えてくることであった。創成神話そのものを民間巫者がつたえていたという沖永良部島の「しまたてしんご」は、『記』の上巻や『紀』神代巻の神話が、原初においてどのように語り（うたい）継がれてきたかということを、かいまみさせてくれるのではないか。そうした貴重な報告を宝の持ちぐされにしてはならないと切に想う。

南島古謡の魅力

南島古謡が、私をいま、魅惑して放さない。南島古謡は、圧倒的なすがた、総量を、先人や現在の沖縄学者の努力のつみかさねのなかから、あらわした。

慎重でなければならず、方法をつかみかねている。記紀歌謡の前代や、うしなわれた部分に、南島古謡のある部分を置いてみる、という大胆な仮説的操作にふみきれない自分のいまをもどかしいと想う。

本土、京都中心の文学史に飼いならされた自分のなかの古代文学を、いわばふたつの〝古代〟の比較へと、方法を転換させなければならないのは大変な作業だ。

しかし方向がその方向にしかなく、大胆さがけっして大胆でなくなる日が、もうしばらくさきに確実に来る、ということもまた動かしがたいことだと私には想われる。

日本文学史ならぬ日本語文学史の第一ページには南島の祭式歌謡や古謡群が置かれるの

ではないか。それらを本土の古代文学のひとつひとつへぶつけてゆくと、両者の、共通な性格と、異質な部分とが、同時に見えてくる。

詞書的部分とうたとが最短距離で結びついている記紀歌謡のひとつ——

或る時天皇、近つ淡海の国に越え幸でましし時、宇遅野の上に御立して、葛野《かづの》を望けまして、歌曰く、

千葉の　葛野を見れば、
百千足る　家庭《やには》も見ゆ
国の秀《ほ》も見ゆ
（『記』応神、歌番四一）

くにを見る、という国見歌の形式と発想である。見る、とは呪術としてのそれで、国土を支配し安穏を祈ることにそれはなるのだ。ウムイや『おもろさうし』中の、国土や村落の安穏を祈願する歌群の発想や形式に比較してみれば、ずいぶん異質だというほかない。しかし祭式歌謡としての一筋の共通性が、比較のなかからうかびあがってくる。右のうたが、古代における〝現在〟時点に、予祝的な祭式歌謡として生かされており、毎歳うたわ

れているからその起源説話として記紀が記録せざるをえなかったのだという、隠された文脈が見える。信仰のなかに生きている祭式歌謡の、いわば起源説話集として記紀の一面はあるのではないか。

服属儀礼というのは古代祭式の重大な要素で、記紀の歌謡のじつに多くのかずがそれに関連するものであることを私は強調したいが、一方、南島古謡群にそのような服属儀礼的要素は濃くない。しかし、儀礼以前のかたちで、服属ということが歌謡発生にむすびついてゆくものがある。

幻の日本語文学史教科書の第一ページをかざる歌謡は宮古島・狩俣の「祖神のにいり」であろう。それの第三パートは「平良殿（ピサラトゥヌ）」らにたいするまやのまぶこいの英雄的な戦闘をたたえ、その勇名が宮古全土、沖縄本島、根島にまでなりひびいたことをうたっておわるが、隠された文脈としてはまやのまぶこいの戦死と、一小村落国家狩俣が「平良殿」の属下にはいるという、狩俣にとっての歴史的大事件が流れているのではないか。歴史的屈辱を歌謡のなかで逆転させつつうたうという構造に、文学の必要的発生の機微がうかがえる。

ミセセル（ミセゼル）は神託ということになっていて、それを歌謡とみなすべきか、問題として投げ出されているが、たとえば「タケナイヲリメ」のそれは、

ケフドマヤ　ケフヱガヤ　　今日の日は　今日の吉い日は
仲田ミヤノ　ナザガミヤノ　　仲田庭の　祖先の庭の
マヤノカミ　イヂキ神　　マヤの神　勝れ神
年ガ三年　ゲニナルキヤ　　年が三年　げになる時は
屋部ノヒヤガ　ヤブノシガ　　屋部の大親が　屋部之子が
ノゴソトテ　ヲコソトテ　　野糞取って　御糞とって
野ハルオテ　　野畑にて
ヲヂレゴト　ソシレゴト　　妖れ言　そしれ言
アカツバニヤ　ニライニ通シ　　蜻蛉羽が　ニライに通し
……（以下略）

（『琉球国由来記』巻十六より）

というように、あきらかに歌謡の原始状態にあり、よく注意されているように本土古代の祝詞（六月晦大祓の祝詞）に比較されるべき内容で、歌謡的になっているのは、本土の祝詞よりも思想的、形態的に古い意識を残しているのではないかと思われる。

以下、語源についての疑問、二断片。

ミセセル（ミセゼル）について、西郷信綱氏の、「巫女が神がかりして小刻みに身をふるわせる」というのは、(1)しかしながら、ジャンルの名称として、神言の伝達者であり、神そのものでもある巫女の行いを、外観から命名するか、どうか。日葡辞書で「鳥ガミセゼリヲスル」というのは鳥が自分をつついて、つまみとるようにしてきれいにすることで、身をふるわせることではないように判断される。(2)

オモロについて、「思い」語源説は成り立つだろうか。折口信夫が「思ふ」に唱えごとをする意味があったと言い、外間守善氏がそれを受けているのは、(3)本土語での実証しにくい仮説をオモロ＝「思い」語源説の一傍証にしているわけで、弱い、と想う。うたは広く胸中の思いであろう。それをなぜ、ある種の神歌にだけウムイ・オモイと称ばれるようになったというのか、説明がない。命名法上、疑問をいだくばかりでなく、さらに、「思い」ならば名詞的言い切りの語であろう。それがラ行四段化への語法変化によってウムルになったという説明は、(4)「思い」を動詞的に活用させたと見ても、なおかつそれは連用形であって、ラ行四段の発現する連体形とのあいだに飛躍がありそうである。モリ↓ムイのような変化が自然であって、その逆変化を説明するために「貴族語の成立」を持ち出すのは苦しいのではないか。

ウタ＝「打た」あるいは「訴え」語源説などは、俗説にすぎない。ウムイについても、オモロ・オモリというのが原態で、語源的意味は、ウタと同じように、不明だ、とすべきではないだろうか。

（1）西郷「オモロの世界」（『日本思想体系』18所収）（西郷b）。
（2）日葡辞書のポルトガル語は竹内美智子氏の教示による。ただし「判断」はあくまで私の判断。
（3）（4）外間「オモロの原意」（『沖縄の言語史』所収）。

文学の発生論と琉球文学

文学発生説と〈沖縄〉

文学の発生論として今日までに喧伝されてきただいたいは、以下の程度ではなかろうか。

遊戯本能説
模倣本能説
異性吸引説、性牽引説、性欲起源説
労働起源説
自己表現本能説
感情的起源説、感動起源説
宗教的起源説、祭式起源説、呪術的起源説、信仰起源説

折口信夫はこれらの中、最後にかかげる〈信仰起源説〉によって知られる。すなわち次のように述べる。

ただ今、文学の信仰起源説を最もかたくなに把つて居るのは、恐らくは私であらう。性の牽引や、咄嗟の感激から出発したとする学説などとは、当分折り合へないそれらの仮説の欠点を見てゐる。さうした常識の範囲を脱しない合理論は、一等大切なただの一点をすら考へ洩して居るのである。音声一途に憑《よ》るほかない不文の発想が、どういふわけで、当座に消滅しないで、永く保存せられ、文学意識を分化するに到つたのであらう。……口頭の詞章が、文学意識を発生するまでも保存せられて行くのは、信仰に関連して居たからである。信仰を外にして、長い不文の古代に存続の力を持つたものは、一つとして考へられないのである。信仰に根ざしある事物だけが、長い生命を持つて来た。ゆくりなく発した言語詞章は、即座に影を消したのである。私は、日本文学の発生点を、神授(と信ぜられた)の呪言《ジュゴン》に据ゑて居る。(「国文学の発生〈第四稿〉」〔折口 a〕)

こう述べて発生論的国文学の推進者になった。この折口の文学発生論が〈沖縄〉の研究からの示唆によって成り立ってきたことについて、多くを述べる必要もあるまいが、あとにもうすこしふれることにする。今日、琉球文学をベースにして文学発生論を視野におさめる研究を、二、三注意してみると、嘉味田宗栄『琉球文学表現論』における、言語起源説ないし「あやあることば」起源説とでも言うべき考えかたが視野にはいってくる。

信仰起源説は、文学発生論として包括性の上では完璧とはいえぬ。……が、文学にとって、ほかならぬ「ことば」の、外部の成立条件と内部の表現過程のかかわりのうち、原初の「生」に痛切につながる呪禱的心意情動のととのえや、通じあいの正体の内部からの感得から、伝承の可能性の本源を衝こうという、ユニークな考えかたを、諸他の起源説と同列に一並べ、一種の偏見とするなら、そのような観かたには、ついて行けそうにない。……呪禱的心意情動としての「信仰」こそ、「生」の維持発展を阻むものを乗り越え、永生への自由、安らぎ、勇気をかちとる力の出どころに外ならぬことに気づくべきである。〔嘉味田宗栄『琉球文学表現論』〔嘉味田 a〕〕

一連の外間守善による琉球文学に関する見通しを述べた論考は、文学発生論的な視角が取り込まれている。その初期の「琉球文学の展望」は、『文学』昭40・7の〈沖縄の文学〉特集号〔外間 c〕に見られ、その「一、琉球文学の発生」にはミセセル・オタカベなどの「魔術的詞章」を取り上げる。のちにそれら「魔術的詞章」は外間により呪禱文学とされるが、呪禱文学、叙事詩、叙情詩という並びは文学を発生から展開への道筋を立てて理解することの主導的な研究者の文学観を反映する。

外間学説にたいしては、しかし異議が唱えられつつある。奄美諸島の歌謡を研究して永年をそこに暮らした小川学夫は、『奄美民謡誌』〔小川b〕『歌謡《うた》の民俗』〔小川c〕によって、ウタカケ（歌掛け）文化圏の生き生きとした伝来をそこに見いだし、その歌遊びの世界が叙事歌謡よりも基本的であることを報告している。これは今後の文学発生論を考える上で、無視できない研究としてあろう。

奄美歌謡の研究は、酒井正子、松原武実、中原ゆかりらの音楽民俗学的なアプローチもあって、その生きている実態が知られつつある。

同じく奄美地方から、ユタ（民間シャーマン）のつたえる呪詞に神話的伝承がこめられていることを実証的に見いだしていった山下欣一のしごと〔『奄美のシャーマニズム』〔山下d〕、『奄美説話の研究』〔山下i〕〕は、言わば〈神話起源説〉に近いと言えるかもしれない。王朝説話と民間のそれとを比較する視点が山下にはあって、この分野から文学発生論はこれから豊富になることが予想される。谷川健一は「南島呪謡論」を『現代詩手帖』誌に連載しはじめ、雄大な文学発生論が姿をあらわしてきた。『南島文学発生論』〔谷川b〕としてそれはまとめられるにいたる。

「日本」七世紀論の可能性

祭式起源説は今日きわめて優位にあって、その有効性は充分に信じられるにせよ、弱点をなしとしない。かつてこのように私は書いたことがある。

祭式起源説の弱点は二点あろう。第一に、アニミズムの段階、シャマニックな儀礼、村落共同体の比較的高度に整備された祭式といったさまざまな形態じたいの相互連関や社会的基盤の基礎的な解明を待って文学や芸能とのかかわりが論じられなければならず、性急な結論が打ち出せない現状にある、ということ。第二に、これは堂々めぐりにも似た問題であるが、祭式や儀礼は神話の実修であるという一面を祭式起源説が説明しがたいということであって、祭式や儀礼に先行する神話の存在を認めれば、ここに「神話起源説」という呼称こそがふさわしい。

（「文学発生説巡遊」『物語文学成立史』〔藤井貞和d〕）

琉球文学の特性は、(1)アーグ、ニーリ(宮古)、シマタティシンゴ(奄美)など、祭式における神話~歴史伝承の現在的実修、(2)かけあい歌文化圏としての琉球(奄美から八重山まで)、(3)基層のシャーマニズム文化における生産力、(4)豊富な民間伝承の現存、が数えられる。そこから、昔話の起源的研究や歌謡の音楽的研究が切りひらかれ、比較構造論上のヤマト(日本)と琉球諸国とのかかわりが浮上するが、それとともに、(文学や歴史の)「日本」七世紀論の可能性が生じてきた。

①七世紀初頭における神話~歴史伝承の正統的固定化(フルコトの成立)
②歌垣の後退(国造制の消滅・再編に伴う司祭者の変質)
③巫覡の童謡《わざうた》の出現から後退へ

といったテーマに対して、琉球文学はいかなる独自さを有するか、重大な比較の視野を与える。そして、もしかしたら、これが一番大切なことではないかと想われること、それは『万葉集』の成立を琉球文学が比較によってくきやかに明かす、ということであろう。もし七世紀が、歌謡をめぐる伝承の生き生きと行われる時代であったとするなら、果たして『万葉集』は発生したろうか。「歌う歌」が生き生きと行われる時代であったのなら『万葉集』は発生したことであろうか。

口承の時代がおわって記載の時代がやってくる、といった古代文学史の見取り図から解放されなければならなくなってこよう。文字の使用によって、神話・歴史は口承のそれを取り込み、書かれる文学として成立する。フルコトから『古事記』へ、という見通しが施されよう。そこには「排除」(「亡滅」と言いかえよう)によって「神話」「歴史」が打ち立てられる独特のプロセスである。口承は口承として生きつづける。記載は口承と二元化し、口承にさまざまに影響を与えてゆくが、それでも口承が自律的な運動文学体として現代にまであることは言うまでもない。そういうところが深くも琉球文学に通じる。七世紀は文学意識層において深甚な変化が生じた。古代国家が七世紀を通じてなお古代国家としての性格を貫いていることは確かであるものの、歌謡〜フルコト伝承の終結、終末期古墳に象徴される古墳時代(大王時代)のおわり、最後の古代戦争と言ってよい壬申の乱の解決、どのような角度から見ても古代がさまざまに破壊されおわってゆく、いわば古代における「戦後」、近江荒都歌に端的に示されるその荒涼たるよるべなさにこそ『万葉集』は育まれよう。

『万葉集』歌は大部分、うたわれない。うたうためのテクストであったのかもしれないが、後世の和歌がうたわれないものになっているからには、『万葉集』においても既にうたわないことが基調になっていると考えてよかろう。あたかも琉歌のなかにうたわれない琉歌があるように、和歌がうたわれないことは、日本文学をたてに貫く大きな特徴であった。

系統樹文学史像

文学の発生論とは何か。文学ならざる部位から文学が生じてくるという前提のもとにそれが成り立つ、と一応考えるべきなのであるか。文学は「文」と「学」との合成してできた古くからある語であるとともに、欧米語のliterature（英語）の訳語でもある。従って文字の存在を前提に「文学」を考える狭い立場には根拠をなしとしないが、われわれの考えようとする文学の場合に文字はけっして絶対の条件でありえない。文字以前と以後ということも問題にならない。文字は文学の大切な一部であっても、文学史の対象じたいはまさに広大無辺であって、あるいは今日の文学史の認識の拡大とともに広大無辺になりつつある、ほとんど取りとめなくなりつつあるところであって限定された視野ではもはや有効さを主張しがたい。

もういちど折口信夫を引くと、「国文学の発生」において、「日本文学が、出発点からして既に、今ある儘の本質と目的とを持って居たと考へるのは、単純な空想である。其ばかりか、極微かな文学意識が含まれて居たと見る事さへ、真実を離れた考へと言はねばならぬ。古代生活の一様式として、極めて縁遠い原因から出たものが、次第に目的を展開して、偶然、文学の規範に入って来たに過ぎないのである」〔第一稿、〔折口b〕〕と述べ、ついで第四稿で「口頭の詞章が、文学意識を発生するまでも保存せられて行くのは、信仰に関連して居たからである」〔折口a〕と、その（文学の）信仰起源説にまで行くのだが、文学とは文学意識を最深の根拠としていると見て取れる。つまり彼の発生論は言語一般のでなく文学言語とでもいうべきものの発生である。言語ジャンルの系譜をたどり進み、作品の成長や編改を内面から、また情調的に見定めようとしていて、それを言ってみれば系統樹的な文学史像だ、と名づけることが可能かと思われる。世に広く行われる「文学史年表」に代表される年表的な文学史像に対立する。それは文学意識というきわどい観点を秘めての文学発生論のはじまりであった。

「古代生活の一様式として、極めて縁遠い原因から出たものが、次第に目的を展開して、偶然、文学の規範に入つて来た」との考えに、いまでも多くの学ぶべきものがあることはまちがいないにせよ、「文学意識」とは何か、というはてしない議論、言ってみれば大正（明治?）ロマンチシズムを背景に、しかも当時の実在論的な歴史主義的傾向に抗して出てきたそれへの対応、整理、克服に忙殺される覚悟もわれわれは持たなければなるまい。

西郷信綱の意見〔「文学意識の発生」『増補・詩の発生』〔西郷a〕〕は、「文学を動機や意識から眺めたり判断したりしようとする」ことじたいが一種の悪しき歴史主義だとするきびしいもので、それによれば、「文学」は「固有な形」「造型」であり、「言語という媒体を通して表現され、形とならなければ」文学でない（従って「非文学」とか「文学以前」と称されることもまた立派な独自の「文学」だ）、とする、一見しごくまっとうな考えであった。西郷の批判は風巻景次郎の『文学の発生』（風巻a）に向けられているかのごとくだが、その西郷に対してはしかし前引の通り、嘉味田宗栄からの批判がある（『琉球文学表現論』（嘉味田a））。文学が「固有な形」であるということなら、折口はむしろ先駆的な文学様式学を展開した人であったと見るべきではないか。

確認すると、（日本）文学史の一ページに南島の神々の世界を思い合わせることをしたのが早く「国文学の発生」（第一稿〜第四稿）をはじめとする一連の文学発生論であったかと思う。有名な「まれびと」（来訪神）についての考想を展開するにあたって、八重山のマユンガナシやニイルピトゥ（赤マタ・黒マタ）あるいは盆に出てくるアンガマアに折口は説き及んで行った。マユンガナシについていうと、「蒲葵《クバ》の蓑笠で顔姿を隠し、杖を手にしたまやの神・ともまやの神の二体が、船に乗つて海岸の村に渡り来る。さうして家々の門を歴訪して、家人の畏怖して頭もえあげぬのを前にして、今年の農作関係の事、或は家人の心を引き立てる様な詞を陳べて廻る。さうした上で、又、洋上はるかに去る形をする。つまりは、初春の祝言を述べて歩くのである」（『全集』第一巻、一九ページ）という。そのような祝言こそは神の発する言葉、神聖な「呪言《ジュゴン》」であったというのが折口の言わんとするところであった。

折口信夫の出発は（日本）民俗学にある。そこをみちびいたのが柳田国男であることは言うまでもなく、折口における〈沖縄〉もまた柳田からの示唆にはじまった。ここに折口は終生の難問をかかえることになる。民俗学からの指示にもとづくかぎりで、信仰起源説の中心に出現しなければならない〈神〉の原像は祖霊信仰的なそれでなければならない。だから折口の「国文学の発生」における「まれびと」は祖霊信仰的な印象を有する。しかし〈祖霊信仰以前〉を考慮するのが「まれびと」論なのだから、そこには混乱が見られて、折口の学の形成における（柳田との）葛藤を見て取ることができる。「まれびと」の考えで説明できない沖縄の神々はけっして少なくないのだ。

文学発生論を実態としておしすすめようとする際に、琉球文学を視野に入れずしてありえない、という示唆はかようにして柳田・折口らの民俗学的研究者によって用意された。琉球文学じたいの研究が、早く田島利三郎ののち、伊波普猷以下によってすすみ、金田一京助のアイヌ文学研究からの文学の発生にかかわるいくつかの言及を得て、文学発生論はしだいに一部の研究者において関心のある中心部を形成するようになる。

複数の古代

近頃の文学史をかいまみると新しい状況にはいりつつある。『日本文学新史』古代Ⅰ（中西進編、至文堂〔中西a〕）は、高野正美執筆の「歌謡」のパートに、「従来、歌謡史は文献的な制約もあって、記紀の歌謡から始められていたが、南島歌謡の全貌が明らかにされつつある今日では、その動向をも視野に入れて本土の古歌謡の様相を見極める必要がある」として、記紀歌謡の以前に琉球諸島の歌謡を叙述する試みになっている。『日本文芸史』古代Ⅰ（古橋信孝編、河出書房新社〔古橋d〕）は、「文芸の始源」を問うのにあたって、村落共同体の神の、あるいは神にかかわる表現を「神謡《かみうた》」と名づけて、その「神謡の本来の姿は古代日本《ヤマト》の文献資料には見られない」のに対して、比較的古層の表現が南西諸島やアイヌ民族文学に伝えられているというように考え、実に一冊の四分の一を「オキナワとアイヌの文芸」に当てて、本格的に取り上げるにいたる。

いってみれば、記紀歌謡や『万葉集』歌よりも古風な〈唱謡〉類である琉球諸島の口頭伝承その他を、そのより前代的な性格を理由にして日本文学史の早いページに置くという試みだが、そのような考え方、叙述はいかにして可能になったのだろうか。なによりも第一に、高野も言ったように、琉球諸島の伝承資料が全貌を見せてきた、つまり『南島歌謡大成』の完成ということがある。第二に、文学史の叙述に関する新しい方法上の反省がそこにあった。それは、一九七〇年代になって、構造主義的な発想がようやく一般化した、というようなことがあってそれを可能にした、つまりリニアーに文学史がすすみ、それに伴って叙述されるというような歴史主義的な発想からはおよそ考えることのできそうにない、文学史の構造的な理解のもとに、いわば古代なら古代が複数ありえてよいとする、文学史の複数化の構想であった、というべきか、そのような複数の古代の構想によって、ヤマトの古代、オキナワの古代、そしてカムイ・ユーカラその他を産み出した古代、という視野を一望することが可能になったのである。

しかしまさに、そこが皮肉な、というしかないことなのだが、発見された複数の古代は、それにもかかわらず、一方が一方の前代へ位置づけられるという系列化を試みられ、ある種の段階論へと押し込められることによって、ふたたび歴史主義的な文学史叙述に陥りかねない危険をはらみ、現にそのように南島文学から本土文学へ、という「編年」を固定化しかねない現状を呈してきた、というきらいがないのかどうか、私自身の責任を含めてだいじな問題の局面にやってきたという気がする。

今日の文学における琉球諸島の（ヤマトからの）「発見」という現状は、越えられなければならないある段階でしかないように想える。日本文学史のために南島歌謡を「利用」するのであってはなんにもならない、それどころか、けっしてそうあるべきでないことが、いよいよ明確になってきつつある。せっかくの複数の古代、複数の文学史を、リニアーに「編年」してことを済ませるようなのは歴史主義のしっぽだと、手痛く批判されてもしかたあるまい。

引用・参考文献目録

これは本書のために利用したものについてのみ誌したリストである。本文中に〔　〕で示した略号を、このリストで検索してほしい。また本文中に頁数を示したのがあるのはこのリストにおけるテキストによる。

1　原文・史（資）料

古事記　日本古典文学大系（倉野憲司校注、岩波書店、昭33・6）。歌謡の原文漢字表記をいま漢字かな交じりとし、頁数は大系本の書き下し部分を以て示す。歌番（歌謡番号）は角川文庫本以外の通行のものによってあらわす。

日本書紀　日本古典文学大系上・下（坂本太郎ら校注、岩波書店、昭40・7、42・3）。歌謡の原文漢字表記をいまひらがな書きにする。原漢文。

古語拾遺　斎部広成著、平安極初（大同2）。天理図書館蔵嘉禄本（天理図書館善本叢書『古代史籍集』、昭47）。

原変則漢文。校註本は新撰日本古典文庫（現代思潮社、昭51・7）が便利。
風姿花伝　世阿弥元清著、応永初年代。日本古典文学大系『歌論集・能楽論集』（西尾実校注、岩波書店、昭36・9）
琉球国由来記　21巻、西暦1713。琉球史料叢書1・2（伊波普猷・東恩納寛惇・横山重編纂、東京美術、昭47・4再刊）
久米仲里旧記　西暦1703（推定）。琉球大学図書館仲原文庫蔵本（複製、池宮正治・高橋俊三、昭47・4）
久米仲里旧記・神名歌謡索引（高橋俊三著、昭48・10）
宮古島旧記　西暦1705（推定）。宮古島旧記並史歌集解（稲村賢敷著、琉球文教図書、昭37）
万葉集『萬葉集本文篇』（佐竹昭広ら著、塙書房）その他により、書きくだし。
琴歌譜　古歌謡の和琴譜本、平安初期。陽明文庫蔵。日本歌謡集成（高野辰之編、東京堂、昭17・7）・日本古典文学大系『古代歌謡集』（小西甚一校注、岩波書店、昭32・7）
源氏物語　紫式部著
更級日記　菅原孝標女著
袋草紙　藤原清輔著、平安後期。日本歌学大系第弐巻（佐々木信綱編、風間書房、昭37・10再刊）
歌経標式　藤原浜成著、奈良末期。日本歌学大系第壱巻（同、風間書房、昭38・5再刊）

延喜式　新訂増補国史大系26（黒板勝美編、吉川弘文館）。原漢文。
西宮記　源高明著、新訂増補故実叢書6・7（故実叢書編集部、明治図書出版・吉川弘文館）。原漢文。
おもろさうし　西暦1531〜1623。校本おもろさうし（仲原善忠・外間守善編、角川書店、昭47・12三版〈初版昭40・12〉）
おもろさうし　日本思想大系（外間守善・西郷信綱校注、岩浪書店、昭47・12一刷）二刷〜三刷の訂正は、外間「岩波本『おもろさうし』の正誤」（『沖縄文化』45、沖縄文化協会、昭51・8）によって改める。
おもろさうし辞典・総索引（仲原善忠・外間守善著、角川書店、昭47・12四版〈初版昭42・3〉）

2　南島歌謡

日本庶民生活史料集成19・南島古謡（外間守善編、三一書房、昭46・11第一刷）
宮古島の神歌（外間守善・新里幸昭著、三一書房、昭47・8）
宮古島旧記並史歌集解（稲村賢敷著、琉球文教図書、昭37）〔稲村c〕
宮古諸島学術調査研究報告（言語・文学編、琉球大学沖縄文化研究所編、昭43・4）集中、外間「宮古の文学」（昭40・12稿）。〔外間d〕
八重山古謡上・下（喜舎場永珣著、沖縄タイムス社、昭45・9）〔喜舎場a〕

八重山島民謡誌（喜舎場永珣著、郷土研究社、大13・4、『日本民俗誌大系』第1巻〈沖縄〉所収、角川書店、昭49・9）
南島抒情（外間守善・仲程昌徳著、角川書店、昭49・4）〔外間・仲程a〕
南島文学（鑑賞日本古典文学25、外間守善編、角川書店、昭51・5）
日本の民俗音楽第12巻「沖縄・薩南諸島」（本田安次監修・解説／文化庁協力、ビクター、SJL-2199～2201M）
琉球情歌行・嘉手苅林昌（ビクター、SJV-2017STEREO）
琉球フェスティバル'74（CBSソニー、SODL-24）
喜納昌吉&チャンプルーズ（フィリップスレコード、S7025）

3 研究書・論文等

池宮正治『琉球文学論』（タイムス選書2、沖縄タイムス社、昭51・6）〔池宮a〕
〃「上代歌謡と琉球文学」（『記紀歌謡』山路平四郎ら編、早大出版部、昭51・4）〔池宮b〕
伊藤幹治『稲作儀礼の研究——日琉同祖論の再検討——』（而立書房、昭49・5）〔伊藤a〕
〃「神話・儀礼の諸相からみた世界観」（『沖縄の民族学的研究——民俗社会と世界像——』日本民族学会編、民族学振興会、昭48・3）

稲村賢敷『宮古島庶民史』（三一書房、昭47・8再刊〈初版1957〉）〔稲村a〕
〃『琉球諸島における倭寇史跡の研究』（吉川弘文館、昭32・9）
〃『宮古島旧記並史歌集解』（琉球文教図書、昭37）。昭52再刊あり。〔稲村c〕
〃『沖縄の古代部落マキョの研究』（琉球文教図書、昭43・11）〔稲村b〕
〃「日本と琉球」（『まつり』15、まつり同好会、昭45・3）〔稲村d〕
井上光貞『日本古代史の諸問題――大化以前の国家と社会――』（思索社、昭47・1再版〈初版昭23〉）〔井上a〕
伊波普猷『琉球聖典おもろさうし選釈』（大13、『伊波普猷全集』6、平凡社、昭50・4）
今井野菊→〔古部族研究会a〕
岩倉市郎『おきのえらぶ昔話』（民間伝承の会、昭15）〔岩倉a〕
〃採録『鹿児島県喜界島昔話集』（柳田国男編・日本昔話記録12、三省堂、昭49・2再版〈初版18・1〉）〔岩倉b〕
上地盛光『宮古島与那覇邑誌――その伝説・民俗及び歴史――』（新星図書、昭49・6）〔上地a〕
大林太良『記紀の神話と南西諸島の伝承』（『国語と国文学』、昭41・4、『日本神話I』有精堂、昭45・1）
〃『神話と神話学』（大和書房、昭50・9）〔大林a〕
岡本恵昭「宮古島のシャーマニズム」（『南島研究』15、南島研究会編、昭48・10）〔岡本a〕

〃「宮古島の祖神祭（うやがんまつり）――狩俣・島尻村を中心として」（『まつり』17、まつり同好会、昭46・6、『現代のエスプリ・沖積の伝統文化』大胡欽一・宮良高弘編、至文堂、昭48・7）〔岡本b〕
小川学夫「奄美の歌謡――その呪術性と歌掛きのこと――」（『南島文学』鑑賞日本古典文学25、角川書店、昭51・5）〔小川a〕
〃『奄美民謡誌』（法政大学出版局、昭和54・6）〔小川b〕
〃『歌謡の民俗』（雄山閣、昭和64・1）〔小川c〕
『沖縄藝能史研究』創刊号（沖縄藝能史研究会、昭51・7）
『沖縄語辞典』（国立国語研究所編、昭44・1）
小野重朗『琉球文学』（弘文堂書房、昭18・10）〔小野f〕
〃『農耕儀礼の研究――南九州における発生と展開――』（弘文堂、昭45・10）
〃『十五夜綱引の研究』（慶友社、昭47・9）
〃「朝凪・夕凪のおもろ」（『沖縄文化』38、沖縄文化協会、昭47・2）〔小野c〕→〔小野g〕
〃「おもろ歌人の性格」（『文学』、岩波書店、昭50・4）〔小野d〕→〔小野g〕
〃「おもろの抒情性と作者――分離解読法批判に答えて――」（『文学』、同、昭50・11）〔小野e〕→〔小野g〕
〃「南島の生産叙事歌をめぐって――神話・歌謡・芸能――」（『文学』、同、昭52・3）〔小野b〕→〔小

野g〕

〃　『南島歌謡』（NHKブックス、日本放送協会、昭52・1）〔小野a〕
〃　『神々の原郷――南島の基層文化――』（法政大学出版局、昭52・4）
〃　『南島の古歌謡』（新民俗文化叢書2、ジャパン・パブリッシャーズ、昭52・9）〔小野g〕
折口信夫「国文学の発生〈第一稿〉」（大13、『古代研究』一、『折口信夫全集』1）〔折口b〕
〃　「国文学の発生〈第四稿〉」（昭2、同）〔折口a〕
〃　「言語情調論」（明43、『全集』29）〔折口c〕
〃　「万葉集私論」（『アララギ』、大5〜7、『全集』9）〔折口d〕
〃　「沖縄に存する我が古代信仰の残孽」（『全集』16）〔折口e〕
〃　その他『折口信夫全集』1・2・15・16を中心とする諸論考。
風巻景次郎『文学の発生』（子文書房、昭15）〔風巻a〕
加藤典洋「〝ことば〟との格闘」（『解釈と鑑賞』、昭51・12）〔加藤a〕
嘉味田宗栄『琉球文学序説』（沖縄教育図書、昭41・7）〔嘉味田b〕
〃　『琉球文学発想論』（星印刷出版局、昭43・2）
〃　『琉球文学表現論』（沖縄タイムス社、昭52・11）〔嘉味田a〕
神谷かをる「平安時代言語生活からみた歌と物語」（『国語国文』、昭51・4）〔神谷a〕

喜舎場永珣『八重山古謡』上・下（沖縄タイムス社、昭45・9）〔喜舎場a〕
清田政信「歌と原郷」（『現代詩手帖』、思潮社、昭52・2〈黒田喜夫特集号〉）
慶世村恒任『宮古史伝』（復刻版、吉村玄得、昭51・10〈初版昭2〉）〔慶世村a〕
金城朝永「琉球民謡の起源と変遷」（昭29、『金城朝永全集』上、沖縄タイムス社、昭49・1）
倉野憲司『日本文学史』3（三省堂、昭18・2）〔倉野a〕
黒田喜夫「一人の彼方へ」（『ユリイカ』、青土社、昭48・8、11、49・4、7、11、50・8、52・9、連載断続中）〔黒田a〕
〃「亡滅の歌」（インタヴュー、聞き手正津勉、『現代詩手帖』、昭50・11）〔黒田b〕→〔黒田d〕
〃『彼岸と主体』（三一書房、昭47・6）〔黒田c〕
〃『自然と行為』（思潮社、昭52・12）〔黒田d〕
小島憲之『上代日本文学と中国文学』上（塙書房、昭37・9）。読歌と「独曲」（読曲）との関係について、557頁以下。〔小島憲之a〕
小島瓔禮『琉歌往来』（風信社、昭50・11）
古部族研究会編『古代諏訪とミシャグジ祭政体の研究』（永井出版企画、昭50・7）〔古部族研究会a〕
〃『古諏訪の祭祀と氏族』（同、昭52・2）〔古部族研究会b〕
西郷信綱「オモロの世界」（『日本思想大系』18、岩波書店、昭47・12）〔西郷b〕

〃　「文学意識の発生」（『増補・詩の発生』未来社、昭39・1）〔西郷a〕
先田光演「ユタのオタカベ――沖永良部島の場合――」（『民俗研究』3、鹿児島民俗学会、昭41）〔先田a〕
〃　「沖永良部島の神話」（『沖縄文化』33・34（合併）、昭46・1）〔先田b〕
桜井徳太郎『沖縄のシャマニズム』（弘文堂、昭48・7）〔桜井a〕
佐々木宏幹「カミダーリィの諸相――ユタ的職能者のイニシエーションについて――」（『沖縄の外来宗教』窪徳忠編、弘文堂、昭53・1）
下出積与『日本古代の神祇と道教』（吉川弘文館、昭47・11）〔下出a〕
新里幸昭「宮古島の神謡――狩俣部落を中心に」（『日本神話と琉球』講座日本の神話10、有精堂、昭52・3）〔新里a〕
鈴木満男「マレビトの構造」（『文学』、昭43・12、『マレビトの構造』、三一書房、昭46・11）〔鈴木a〕
関敬吾「奄美昔話の蒐集と研究」（『民話』8〈特集・奄美の伝承〉、民話と文学の会、昭51・9）〔関a〕
世礼国男「久米島おもろに就いて」（『南島』第二輯、昭17、『沖縄文化論叢』4、平凡社、昭46・9、『世禮國男全集』、野村流音楽協会、昭50・7）〔世礼a〕
多田一臣「童謡覚書」（『古代文化』、古代学協会、昭52・4）〔多田a〕
谷川健一『沖縄・辺境の時間と空間』（三一書房、昭45・11）
〃　『黒潮の民俗学』（筑摩書房、昭51・10）〔谷川a〕

〃　『南島文学発生論』〔思潮社、平3・8〕〔谷川b〕
田畑英勝『奄美大島昔話集』〔全国昔話資料集成15、岩崎美術社、昭50・9増補版〈旧版昭29・12〉〕
〃　『奄美諸島の昔話』〔稲田浩二監修、日本放送出版協会、昭49・2〕〔田畑b〕
〃　『徳之島の昔話』〔自費、昭47・2〕
〃　『奄美の民俗』〔法政大学出版局、昭51・12〕〔田畑a〕
田村浩『琉球共産村落之研究』〔岡書院、昭2〕。再刊〈2度〉あり。〔田村a〕
土田杏村『文学の発生』〔国文学の哲学的研究2、第一書房、昭3〕〔土田a〕
土橋寛『古代歌謡と儀礼の研究』〔岩波書店、昭40・12〕〔土橋a〕
〃　『古代歌謡全注釈・日本書紀編』〔角川書店、昭51・8〕〔土橋b〕
友寄英一郎「再グシク考」〔『南島考古』4、沖縄考古学会、昭50・9〕
仲井真元楷『沖縄民話集』〔教養文庫、社会思想社、昭49・12〕
永積安明『沖縄離島』〔朝日新聞社、昭45・7〕
中西進〔編〕『日本文学新史・古代Ⅰ』〔至文堂、昭60・10〕〔中西a〕
仲程昌徳→〔外間・仲程a〕
仲松弥秀『神と村』〔伝統と現代社、昭50・4〕〔仲松a〕
〃　『古層の村』〔タイムス選書4、沖縄タイムス社、昭52・1〕〔仲松b〕

中松竹雄「古謡の言語構造」（『沖縄文化』29、沖縄文化協会、昭44・12）〔中松a〕
服部幸雄「宿神論」（『文学』、昭49・10、50・1、50・2、50・6）〔服部a〕
比嘉実「おもろの読解法について――分離解読法の問題点――」（『文学』、昭50・7）〔比嘉b〕
〃「琉歌の源流とその成立」（『沖縄文化研究』2、法政大学沖縄文化研究所、昭50・10）〔比嘉c〕
〃「地方おもろ成立の周辺――地方おもろと文字の出逢い――」（同4、昭52・7）〔比嘉a〕
藤井貞和「物語の発生する機制」（『源氏物語の始原と現在』、三一書房、昭47・4）〔藤井貞和a〕
〃「南島古謡の魅力」（『解釈と鑑賞』、昭50・9）〔藤井貞和b〕
〃「古日本文学発生論」（『現代詩手帖』昭51・10～昭52・11）〔藤井貞和c〕
〃「文学発生説巡遊」（昭54、『物語文学成立史』東京大学出版会、昭62・12）〔藤井貞和d〕
藤井令一『シルエットの島』（思潮社、昭51・8）詩集である。〔藤井令一a〕
〃「奄美の人と風土」（『民話』8、民話と文学の会、昭51・9）〔藤井令一b〕
古橋信孝「古代詩論の方法試論」（『文学史研究』1～5、文学史研究編集委員会、昭48・7、昭49・6、昭50・7、昭51・11、昭52・12）〔古橋a〕
〃「思兼神について――虚構意識の発生の問題――」（『象形』1、昭50・9）〔b1〕、『日本神話II』、有精堂、昭52・9）〔b2〕〔古橋b1〕〔古橋b2〕
〃「思兼神論再論」（『五味智英先生古稀記念上代文学論集〈第八冊〉』、昭52・11）〔古橋c〕

〃（編）『日本文芸史・古代Ｉ』（河出書房新社、昭61・5）〔古橋d〕
外間守善「琉球文学の展望」（『文学』、昭40・7）〔外間c〕
〃「宮古の文学」（昭40・12稿、『宮古諸島学術調査研究報告（言語・文学編）』、昭43・4）〔外間d〕
〃「宮古島狩俣の神歌」（『文学』、昭43・12）〔外間e〕→〔外間f〕
〃「オモロの原意」（『沖縄の言語史』、法政大学出版局、昭46・10）
〃『うりずんの島』（沖縄タイムス社、昭46・11）〔外間f〕
〃「南島歌謡の系譜」上・下（『文学』、昭47・4〜5）〔外間a〕
〃「沖縄文学の発生——呪言と叙事詩をめぐって——」（『岩波講座文学』6、岩波書店、昭51・7）。「トゥクルフン」は所踏みのこと。〔外間b〕
外間守善・仲程昌徳『南島抒情』（角川書店、昭49・4）〔外間・仲程a〕
増井元「〈古代文学〉論についての覚え書き」（『論集上代文学』一、昭45・11）〔増井a〕
益田勝実「古代の想像力——折口信夫のふみあとで——」（『講座古代学』池田弥三郎編、昭50・1、『秘儀の島』、筑摩書房、昭51・8）〔益田a〕
宮本演彦「南島村々の祭り」（『南島研究』12、南島研究会編、昭46・6）〔宮本a〕
宮良安彦「沖縄八重山諸島の歌謡文芸——八重山歌謡あよー、ゆんた、じらばの語源——」（『八重山文化』3、東京・八重山文化研究会、昭50・9）〔宮良a〕

本居宣長『古事記伝』〔『本居宣長全集』9〜12、筑摩書房、昭43・7〜49・3〕〈本居宣長a〉
本永清「三分観の一考察――平良市狩俣の事例――」〔『琉大史学』4、琉球大学史学会、昭48・6、『日本神話II』有精堂、昭52・9〕〈本永a〉
山上伊豆母『神話の原像』〔岩崎美術社、昭44・1〕〈山上a〉
〃『古代祭祀伝承の研究』〔雄山閣、昭48・1〕〈山上b〉
山下欣一「沖永良部島における創世神話と動物供犠」〔『南日本文化』5、昭47〕〈山下a〉→部分〈山下d〉
〃「琉球神話についての若干の問題」〔『日本神話の比較研究』大林太良編、法政大学出版局、昭49・6〕〈山下f〉
〃「奄美のユタの呪詞と関連する説話群について」〔『昔話――研究と資料――』3、昔話研究懇話会編、昭49・8〕〈山下g〉
〃「『琉球王朝神話』と民間神話の問題」〔『琉大史学』7、琉球大学史学会、昭50・6〕〈山下e〉
〃「神話・民話」〔『解釈と鑑賞』至文堂、昭50・11〕〈山下b〉
〃「奄美の『起源説話』について」〔『昔話――研究と資料――』5、昭51・6〕〈山下c〉
〃『奄美のシャーマニズム』〔弘文堂、昭52・9〕〈山下d〉
〃「始原としての呪禱――奄美の神話と神歌――」〔『解釈と鑑賞』、至文堂、昭52・11〕〈山下h〉
〃『奄美説話の研究』〔法政大学出版局、昭54・11〕〈山下i〉

柳田国男『石神問答』（明43、『定本柳田国男全集』12、昭38・11）〔柳田a〕
〃『毎日の言葉』（昭21、『全集』19、昭38・2）〔柳田b〕
横山重「語部に就いて」（『思想』、大13・1）〔横山a〕
吉本隆明『言語にとって美とはなにか』Ⅰ・Ⅱ（勁草書房、昭40・5、40・10）〔吉本c〕
〃『共同幻想論』（河出書房新社、昭43・12）〔吉本a〕
〃「初期歌謡論」（『文藝』、河出書房新社、昭49・10〜50・4）〔吉本b1〕
〃『初期歌謡論』（河出書房新社、昭52・6）〔吉本b2〕
米村敏人『わが村史』（国文社、昭48・11）〔米村a〕
饒平名健爾「シャーマニズムの考察——宮古・伊良部村佐良浜の事例から——」（『琉大史学』4、琉球大学史学会、昭48・6）〔饒平名a〕
クロード・レヴィ＝ストロース「双分組織は実在するか」（『構造人類学』荒川幾男ら訳、みすず書房、昭47・5）〔レヴィ＝ストロースa〕
湧上元雄・山下欣一『沖縄・奄美の民間信仰』（明玄書房、昭49・1）〔湧上・山下a〕

あとがき

本書を構成した礎稿は、

①「古日本文学発生論」（『現代詩手帖』連載、昭51・10〜11、52・1、3〜7、9〜11、十一回）
②『亡滅の歌』——古日本文学発生論・番外——」（『現代詩手帖』、昭52・2）
③「神話のかげ——日本神話と歌謡——」（『解釈と鑑賞』、昭52・10）
④「南島古謡の魅力——古代歌謡と私——」（『解釈と鑑賞』、昭50・9）

の四篇で、①を主体とし、②〜④を附篇として、加筆を大幅にほどこしながらからくも長篇的な一冊にすることができた。

①の連載のあいだ、言いあらわしがたい苦しみの連なりで、何度も投げ出そうと私は弱音を吐いたのであった。なぜそんなに苦しんだのかはすぐあとで言う。私は苦しい想いをあじわったけれども、別の面で、仕合せであったといまあらたまり想いかえしている。詩はどこから来たのか、どこへゆくのか、——もしかしたら現代に詩は滅亡し去っており、われわれはそれの幻影を追っているのにすぎないので、回復させるすべなどすでにないのだ、と考えるべきときに来ているのだとしたら、われわれの詩とはいったい何か、たれしも立ちどまり、

ふりかえり、くりかえしてみずからに問いおろし、また答えようとしないわけにゆかないのであった。

そのとき、詩の意味を、歴史上にさかのぼり、問いかけてみる、という作業に自己を投与してみることは、ひとつの有効な方法であったと想われる。私のばあい、一挙に、詩の発生時点に、いささかでも問題意識の碇をおろしてみる作業を一年あまりつづけることができた。この機会をあたえられたことを、仕合せであったといまにして想い知らされずにはいられないのである。

こういう問題は、抽象的な、あるいは理念的な段階で右往左往していても、なかなか端緒をつかんだことにならない。具体的な作業をとおして手ざわりをたしかめてゆくことが必要となる。本文中にも書いたが、南西諸島の古謡類がぞくぞくと発掘せられ、整備の段階にも来ているようであり、(1)これを利用して本土の古代文学との比較のうえに考察をこころみた文学発生論は、先駆的な折口信夫の発生論のあと、半世紀ほどのあいだほとんどだれによっても行われていないように想われる現在、小冊子ながら問題の見通しをつけておくことが本書の意図したところでもあった。そのような具体的な作業の書物であるから、多くの過誤をおかしているのにちがいない。偏見に満ちた書物であることを想えば私は苦しむ。

しかし最も苦しかったといえるのは、書きすすめている途中のことで、視点の逆転ということがあった。書きはじめた初期、本土の古代文学のほうから、南島文学の世界をながめるという姿勢であったのが、途中から、南島文学をとおして本土の古代文学を見る、というように視点の逆転が行われたのである。これは苦業であって、書きすすめている眼のまえの原稿の、書きあげられたばかりの部分と、これから書かれる白い部分とのあいだに、ひたすら視力をうずめ、蒙々たる古謡のやみを、前後の論旨につきあげられてのみまえにすすむ、という状態であった。

南西諸島の古謡の世界が、発生的に、本土の古代文学よりも前代に位置するものであるからには、そうした視点に立たなければならなかったので、最初の「本土の古代文学のほうから、南島文学の世界をながめる」という姿勢がまちがっていたのであって、書きすすめる具体的な作業によって、対象から訂正をしいられたのだということがいまにしてよくわかる。

南島文学に最初にふれたのは、嘉味田宗栄『琉球文学序説』〔嘉味田b〕という書物で、昭和四十四、五年ごろであったと想う。内容の重大性は感じられるものの、この私にとって未知なる世界をどう読みすすめたらよいのか、歯がたたなかった。(2) そののち、『日本庶民生活史料集成』〔第十九巻〕の南島古謡を一冊、とにかく読んでみようとしたことが本書の基礎になっている。昭和四十九年三月、沖縄・宮古に旅してからあとであろう、本格的に読むようにしたのは。

礎稿①の連載のために、広く文献をよんでみると、親族の問題や、祭儀組織の問題についても、南西諸島はそれらの事例の宝庫であることがほんとうによくわかった。しかし、本書では、古謡を中心にした文献にふれることに多くとどまったようである。古謡を研究した文献のなかで、小野重朗・山下欣一・先田光演三氏の仕事には特に重大な恩恵を蒙った。本書一八六頁にふれた小野重朗論文は、新刊『南島の古歌謡』〔小野g〕に収録されたが、古代文学にたいする新しい視角を提供するもの。山下氏は「民間神話」論や、呪詞の研究において、本土の古代の古事記の性格をこれから明らかにし、また祝詞の成立を説明するものとして重要な知見をもたらしている。先田氏は「しまたてしんご」を紹介された。神話なるものの管理者がだれであったか、神話の実態とはどんなであるかを、最も原型的に「しまたてしんご」はあらわす。日本語の詩の歴史の第一頁にこれは掲げられるべきものであった。

先田氏は、私の質問にたいして、こころよく私信をもって回答くださり、さらに「しまたてしんご」につき、解釈の一端を示された。本書一八二―一八三頁の訳文にそれを利用させていただいたことを明記して、感謝の念いを表明したい。

清田政信氏が『琉球新報』に連載した「古謡から詩へ――藤井貞和に触発されて――」[3]は、私の連載（①）への批判であるけれども、逆に私もまた甚大に「触発」される。そのさいごの部分をここに引いておくことを許してほしい。

奄美に住んでいる島尾が「異邦人の眼」で本州をみるのは、日本の原質だけをみつけて安堵する整合論理によってではなく、明らかに本州との異質性に対する確信によってだと思われる。ところで沖縄で詩を書く者は、それを民族学的次元での古俗の提出に安住してはいけないと思う。異質性を古代までさかのぼって明らかにしつつ、現在までその異質性を透徹させることによって、状況に対する異貌としての思想を形成することだ。現代において人間の真実なる貌に到達するには、それくらいの回り道をしなければならない。なぜなら古俗そのものに意味があるのではない。古俗を露呈せしめている動因こそが重要なのだ。そこに着目しなければ、十年おきぐらいに繰り返される土着論議の不毛を断つことはできないだろう。言うなればめざましい近代の建設と破壊とはうらはらに、一時間も飛行機に乗れば古代の生きづいている古層の村へ行ける。だが沖縄では必ずしも古層の村へ行かなくても、ということは都市にいるわれわれの意識を破って時に古代が噴出することもあるのだと考えられる。むろんそれは地方都市の風俗化した土俗を批判して、〈村〉の原像を持続的に展開し得るとき、現代の状況を超える作品になりうるだろう。だが地方の近代化は、〈村〉を原感情の混沌としてではなく、一枚の平面として機能させる。つまり原感情が風景として形骸化するということだ。したがって地方にいる者は文体に苦しむ。なぜなら風景としての古代への感受を深めて原感情としての村を手にいれるには、現存の矛盾体をくぐらせることが必要なのだ。それをなしおおせない人たちは温厚な愛郷者になり、島にある疼きを忘れてしまう。民族学から学びつつも、詩が己れの道を行くのは、そういう陥穽から身をもぎはなすためだし、古代にみあう意識の現在の高いボルテージをもった思想を構想しない限り、古代を現在の表現の水準に表出することは困難だと思われる。

ここに「異質性を古代にさかのぼって」と清田氏が言うのにたいしては、若干私の考えた方法とのちがいをたしかに感ずる。しかしもとより「異質性」を私は不当に軽んじたり無視したりしていない。那覇と奄美との「異質性」については本書九三―九四頁に述べたことをくりかえすしかない。ともあれ、古謡から詩へ、私もまたこの還路なしでは一刻も平静でいられないので、氏の言おうとされるところをかみしめるのだ。ながながと引いた理由である。

本書は、むしろ往路が中心になってしまった、というふうに言えるであろう。すでに私は性急である必要がない。古謡への旅は私のなかで、まだまだ終わっていない。清田氏もいう、「回り道」をいくえにもはりめぐらした装置を私は厭わないのだ。

文学の発生（詩の発生）の意味を単行本の題名に冠した書物だけでも、折口や、土田杏村・

風巻景次郎・森本治吉・西郷信綱・星野徹ら諸氏のものがある。私の本書を書きおえてみると、結論的には、シャーマニズムに文学発生の基盤を考察した土田杏村の『文学の発生』〔土田a〕に魅かれるもののあることを、あえて否定しない。しかし彼の「哲学的」というような関心は、およそ私に存在しない。ともあれ、極言すれば結論など重要でない。それにいたるみちすじや、ばらまいてきたアイデアの核みたいなものが私の「成果」だ。

ヨムの原意味を追求するのにあたって、あえてふれずにおいたことのひとつに、かの稗田阿礼の、勅語の旧辞《ふること》を「誦《よ》」んだという、古事記成立史の一コマがある。ヨムことの呪性がそこに利用されているということ、この問題は大きくなるので、割愛した。「読歌《よみうた》」が中国の「読曲」と関係あるのではないかという小島憲之氏の考察〔『上代日本文学と中国文学』上〔小島a〕〕は、疑問があるので採らなかった。

琉歌の成立については、ふくざつな過程が考えられる。本書二〇八―二一〇頁で、私はけっしておもろの反覆部からの上昇を一概に否定したのとちがう。読みかえしてみると舌足らずな表現が何箇所も眼に立ってくる。

本稿の成るのに際して、前記の諸氏のほかに、さらに多数の方々に、感謝の意を表明しなければ済まない。過去と現在とを問わず、その自然風土上と書物のなかとを問わず、在沖といなとを問わず、知悉と未知とを問わず、書き手と否とを問わず……。末筆ではあるが、『現代詩手帖』編集部の各位（——はじめての連載をどうにかやり遂げたのはひとえにそのなみなみならぬ励ましのお蔭）、八木忠栄氏のご尽力、印刷関係その他の方々にたいして深く御礼申しあげる。

昭和五十三年五月十四日

著　者

（1）本書にはついに利用できなかったが『南島歌謡大成』（全五巻、角川書店、III宮古編以下、昭53・6より順次刊行予定）が、今後威力を発揮するのではないか。

（2）嘉味田教授はつづいて『琉球文学発想論』、そしてごく最近『琉球文学表現論』をあらわし、三部作を完成された。『表現論』中、文学発生論についての知見が述べられてる。

（3）『琉球新報』、昭53・2・4、2・5、2・7、2・8、2・9、五回。

あとがき……増補新装版のために

本書は一九七八（昭五十三）年九月の初版がそののち廉価版になっていたものの増補新装版である。池宮正治氏を中心とする科研の報告書（一九八九・三）に執筆した「文学の発生論と琉球文学」を改正してここに増補し、これからの読者にむけて心をこめた発信をする。初版をふりかえるにつけ、在沖十六年、いま『沖縄文学全集』（海風社企画・国書刊行会発行）の編集委員の一人である関根賢司さんに第一に、感謝の真情をささげる。本書の基礎を成す多くの参考文献が関根さんの尽力により私の手元にもたらされたこと、適切な数々の助言により本書の内容はむろんのこと今日に至るまで琉球文学の視界を導き続けてくれたことなど多くを負うていると告白する。

わが三十歳台の一時を没入させて、ヤマト（鹿児島以北を琉球諸島からそう呼ぶ）の古代文学関係の人々がほとんど知らない世界とその資料に分け入り、折口以後の五十年の空白を埋めようとしたのが本書だ。文学と研究の未来のために考える方向や資料の良否を判断して記したことと、沖縄学者の仕事がキャッチボールのように受け渡されてまた投げ返されてゆくという往還の必要性を説いたこととは、読みとってもらえるかと思う。本書にたいして直ちに、しかも鋭利に反応してくれた古橋信孝氏にも感謝の念を表明しなければ済むまい。

続集として『「おもいまつがね」は歌う歌か —— 古日本文学発生論・続』（一九九〇・一）をそののち新典社から〈叢刊・日本の文学〉の一冊として出版した。併せて見ていただければ幸いである。

一九九一（平三）年九月三日　藤井貞和

かくて『古日本文学発生論』は誕生した

――南島古謡と黒田詩学との邂逅――

山本ひろ子

I：燃え立つ南島古謡群

◆はじめに

東日本大震災から二年後の二〇一三年。『現代詩手帖』七月号は「藤井貞和が問う」と題する特集号を組んだ。今回の「解説」を書くにあたり、ざっと見渡したが、藤井との交遊録が多く、南島関係では高良勉《たからべん》と大橋愛由等《おおはしあゆひと》の短文が載るだけで、『古日本文学発生論』にも『「おもいまつがね」は歌う歌か』にも言及した執筆者はいない。藤井の全仕事の中では古く、かつ評価の定まった本だからなのか。

ところで当の藤井は、特集の巻頭に「声、言葉―次代へ」を寄稿している。その一節が目に飛び込んだ。

……六月にはいるまで、清水昶が、日本の壊滅を見届けて、五月のすえに亡くなったことを私は知らなかった。だれもが気づいているように、石原吉郎あるいは黒田喜夫の季節が「三・一一」のなかで、昶さんとともに終わろうとしている。（二〇一三・六・二）

愁嘆か、呻吟か。湾岸戦争から一貫して「非戦」を旗印に、詩と評論両野で戦い続けている藤井にとって、現況は絶望的でしかない。だが「始まろう」としているものもあった。「琉球文学研究一二〇年。琉球文学のテキストを初めて集大成」を旗印に『琉球文学大系』全三五巻（ゆまに書房）の刊行が始まったのは一昨年。二〇三〇年度完結という壮大な試みだ。近い将来、沖縄語は亡びるという危機意識と、「琉球語が血となって流れる最後の世代」との自覚にたち、陣頭指揮をとるのは琉球歌謡の大家波照間《はてるま》永吉《えいきち》である。藤井も、九〇年代の『沖縄文学全集』（国書刊行会）刊行と「どこかで向き合うような」「幻でなく、絶望的でもなく、沖縄の現実としていま、進みつつある」（内容見本より）と期待を寄せる。

一方、藤井個人にとって、ここ数年は、辛い出来事が続いた。本書の「まえがき――文庫版に寄せて」にも出てくる、藤井南島学形成の一番の応援者関根賢司《せきねけんじ》の死去、また、藤井の南島論集成『甦る詩学』（二〇〇七年、まろうど社）を出版した大橋愛由等も、つい最近故人となった。いわば藤井の南島論の戦友が次々と姿を消している。「終わろうとしている」状況に塩を塗りこむかのように。

だが待てよ。藤井の『古日本文学発生論』と『「おもいまつがね」は歌う歌か』は、『琉球文学大系』の大きな潮流とは異なる地平で、単独者として光り続け、ここに在る。

私たちは思いをめぐらすべきだ。現在から遡ること五十余年前、ヤマトから、折口信夫《おりくちしのぶ》を例外とすれば——単身さっそうと、満身創痍覚悟で——南島文化に挑んだのが、藤井の『古日本文学発生論』ではなかったか。その試みを煽るかのように、数年後、『南島歌謡大成』（角川書店）の刊行が始まり、私たちは、南島歌謡の渦に圧倒され、魅了されていった。「日本」文学史は、根底から揺さぶられ、問い直しを迫られたのだ（拙著『中世神話』〈岩波新書〉もそうした波を受けての産物である）。

……しだいに判然としてきたことだが、日本語の文学の、具体的な原位置を、南西諸島は占めているようなのだ。続々と発掘せられ、いま全体をあらわしつつある「南島古謡」群によってである。

（『「おもいまつがね」は歌う歌か』一二五頁）

藤井の「燃え立つような沖縄そして奄美の一九七〇年代」を私なりに追いかけ、その息づかいと熱量を、新しい読者に届けたいというのが、この「解説」の目論見のひとつといえる。

◆寺小屋教室と南島講座

私的体験になるが、『古日本文学発生論』刊行の「一九七八年」は、私にとって特別な年だった。その数年前に、高田馬場の私塾「寺小屋教室」で、私と藤井はいわば同好の士としてめぐりあっている。もっとも藤井は源氏物語講座の講師、私は思想系講座に身を置いていた一学徒に過ぎなかったが。

当時私たちの周囲を、たとえば西郷信綱《さいごうのぶつな》『詩の発生』や吉本隆明《よしもとたかあき》『初期歌謡論』、また荻生徂徠《おぎゅうそらい》や本居宣長《もとおりのりなが》などの「学」がとり囲んでいた。大和ことばの群れが主張を始め、歌謡や昔話や神話が、せりだしてきたのだ。

『古日本文学発生論』は、私にとって藤井との出会いの本である。いや、七〇年代末という時代性を劇的に体現する本の一つというべきか。「一九七〇年代は世界の中心が民俗社会にあったと称して過言ではない」(『琉球文学大系』第一巻月報)。

藤井は、名うての源氏学者であり、文法学者であり、そして詩人でもある。その厖大な著作群の多くを私はろくに読んでいないし、多層的な藤井ワールドを論じる資格はない。ただ、一冊の本を選べといわれたら、ためらうことなく、『古日本文学発生論』を手にしよう。今回、久しぶりに読み返してみて、その思いを強くした。いや確信した。この本は、あの時代に激しく呼吸し、思考し、鋭敏であった者たちにとっての、特別な本だったことを。

著者も「まえがき」で述べているように、『「おもいまつがね」は歌う歌か』（一九九〇年一月、新典社）は、本書の続編である。収録されている論稿は、七〇年代が二つ、あとは八〇年代のものなので、「古日本文学発生論 続」と副題が示すように、まさに「続」であり、藤井の論も佳境に入ってゆくのだが、とうに品切れなので、こちらも再刊を望みたい。

わやな作品がしきりに横行している今日、人間にとって原型的なものと現代との出会いは、根源的に回復されねばならない重要な課題であるように思われる。……その成否には、われわれが時代に敗北するか否かを占うほどの意味がかけられているのだ。

（『「おもいまつがね」は歌う歌か』一四〇頁）

◆南島へ

藤井の南島への旅は、「一九七四年の春」にはじまった。「新さくら丸」での船出だが、旅費の捻出にもひと苦労。その〝遠さ〟が、真新しい思考の旅程、知的冒険へと駆り立てる。そして確信もあった。

現代というものを顕たせるのでなければ「古代」の意味もまた危うい。『古日本文学発生論』を上梓しようとしているわたくしが、沖縄のなかの現代詩を求めることに、おそらく誤りはないはずだ。『古日本』はヤマトの古代歌謡の発生的構造を南西諸島の歌謡の発達してゆく動態のなかにすかしみようとする。

（前掲書一四〇頁）

〝遠さ〟で思い出したことがある。大学の教員時代に、ゼミ生と毎年沖縄を訪れる時期があった。宮古島の友人が、ゼミ生に聞く。「どうやって来たの？」。「羽田から那覇への航空便ですが…」。彼はなじるように言った。「新さくら丸に二日間揺られて、船酔いに苦しみながら来るのでないと、沖縄の〝遠さ〟は分からない」。はっと胸を突かれた。

その〝遠さ〟は、古代以前の昔へと転轍されてゆく。藤井の詩的、文学的構想に帆をふくらませた『古日本文学発生論』号という名の船。その船の甲板に、たしかに私たちも乗ったのだ。転がりつつ、まろびつつ。

そのとき南十字星のように輝いて、船を導いていたのは、たとえば宮古の「狩俣《かりまた》」だったか。地名ならぬ地名、指標であり、消失し続ける目的地として（「奄美《あまみ》」も然り）。やがてヤマトでは、信州の「坂部《さかんべ》」や「新野《にいの》」、また奥三河が、それにとって代わってゆく。「民俗」の野生と濃密さ、遠さが強靭にして未知なる魅力を放っていた時代だった。

◆『甦る詩学』……三冊目の南島本

二〇〇七年に藤井は、『甦る詩学「古日本文学発生論」続・南島集成』（以下『甦る詩学』）という本を、まろうど社（発行者は大橋愛由等）から出している。三冊目の南島本は、七六〇頁余の分厚い本で、ジャンルも多彩だ。

第一部　南島作品……詩篇、小説など
第二部　南島論考
第三部　南島語り
第四部　南島書漁……書評など
第五部　南島座談

「第四部　南島書漁」には、南島関係本の藤井の書評を集めている。その中に『古日本文学発生論』がある。いつどこに書いたものか、この本のための書き下ろしか、不明だが、タイトルの右の柱に「『亡滅』する歌謡」と見える。発刊から二〇年以上経って、自著への評言はかく語られる。

一九七〇年代の、沖縄および奄美村落社会から、続々と報告される、祭祀歌謡や神話伝承のかずかずを追う。（『甦る詩学』七〇六頁）

けれどもその一九七〇年代が、「復帰」後において、あとにも先にもない、貴重な文献群の発行、編集、再刊という、得がたい時期であった重大さを、その時は気づくよしもなかった。（前掲書七五三頁）

琉球大学に赴任した関根賢司氏が、あれを読め、これを読めと送ってくれる洪水から、わが『古日本文学発生論』は生まれ、そして寺小屋教室の若きメンバーたちも育てられた。（前掲書七五四頁）

「寺小屋教室」で当時藤井は、「源氏物語講座」を何年も続けていたが、一年間（一九八〇年）だけ「南島文化論」という講座をもった。いわば南島をめぐる藤井ゼミで、なぜだが私も参加した。そこで山下欣一《やましたきんいち》提供の奄美の「オモイマツガネ」のテープを聴いたときの衝撃は、今でもあざやかだ。

男ユタの語り口は、思いのほか高い声でリズムは速く、最後は、ワアーと意味不明の乱調に――。「神がかったから」と、藤井は言った。よく分からないながら、圧倒された。この山下テープによって、文字テキストではない南島の声と呪詞が棘のように、私に突き刺さったのだ。甘い蜜でもあった。南島――沖縄の勉強をしようか、と一瞬、柄にもない夢を抱いたほどに。

Ⅱ：黒田喜夫の命題〈亡滅〉をめぐって

◆〈亡滅〉と黒田喜夫

ところで読者は気づいていよう。『古日本文学発生論』のあちこちで「亡滅」という語に出くわすことを。いや冒頭の一章は「亡滅の歌声」とタイトルにまでなっている。〈亡滅〉なる言葉・思考なくして、この本は成り立たなかった。

告白すれば、当時私が『古日本文学発生論』に強く惹かれたのは、この〈亡滅〉による。藤井も書いているように、〈亡滅〉は詩人黒田喜夫の言葉・術語である。

そのあたりの事情は、本書の「附篇一『亡滅の歌』黒田喜夫覚え書き」（二三五頁）にくわしい。元は一九七七年二月の『現代詩手帖』「黒田喜夫特集」に寄稿された稿で、当時私は読んでいた（同誌掲載時は「『亡滅の歌』古日本文学発生論・番外」となっている）。

その頃黒田は、『ユリイカ』に「一人の彼方へ」という論考を連載しており、一方、藤井は『現代詩手帖』でこれまた連載を展開中。私にとって黒田の論稿は、『古日本文学発生論』を読むための強力な共鳴盤、いや倍音器となった。

黒田の「一人の彼方へ」は、『ユリイカ』に一九七三年〜七七年一〇月まで掲載された（七九年六月に『一人の彼方へ』として国文社から刊行）。二人の連載は、同時期に連弾のように放たれていたことに今、納得する。思えば詩論や評論・対論が強烈な作用を発揮していた時代、思想の磁場を形成していた時代だった。中でも黒田喜夫は、私の心を鷲づかみにしていた。そして藤井は〈亡滅〉なる語を、戦略的展望としてたぐりよせ、『古日本文学発生論』の根幹を構築したのだ。

「地方おもろ」の歌唱者の消滅は日本古代での語部の消長を想起させる。「亡滅」という考え方を詩人黒田喜夫の示唆によって展開するモチーフは明らかである。

（『甦る詩学』七〇七頁）

それから二箇年の歳月、南島古謡を追って、机上の旅みたいなことをつづけてきた現在、この「古日本文学発生論」にとりくむモチーフを明かすことになる。「記紀歌謡の前代や、うしなわれた部分に、南島古謡のある部分を置いてみる、という大胆な仮説的操作」を、おしすすめるべきだ、という考えになってきている。そして、私はそこに、「亡滅」の意味を見いださずにいない。

〈南島古謡〉の世界
←亡滅
〈記紀歌謡〉の世界

（本書一七・八頁）

◆黒田喜夫「深みの歌」から

「亡びて亡びざるものの声」を聴きとろうとする黒田。〈亡滅〉は、早くから、彼の中で発火し、熾火としてくすぶり続けていく。そのひとつの結実が「深みの歌」である。「深みの歌――民謡をさぐる」は、『現代詩』一九五七年九月号に「民謡をさぐる――伝統への挑戦」と題し発表。のち「深みの歌――民謡をさぐる」とタイトルを変え、評論集『死にいたる飢餓』（一九六一年、国文社）、また『詩と反詩』（一九六八年、勁草書房）に収録された（ちなみに藤井は、「すぐれた民謡への接近」と評している）[1]。

幼いころ黒田は、草履を作りながら母親が歌った歌の「感銘を忘れることができな」かった。

おばこ　居《え》だがやと
厨房《ながす》の隙間《すんま》こから　のぞいて見たば
おばこ　居《え》もせで
用のない婆さまなど
糸車
おばこ　来るがやと
田圃のはんずれまで　来てみたば
おばこ　来もせで
用のない煙草《たんばこ》売りなど
ふれて来る

（『死にいたる飢餓』二三一頁）

この歌をいわば基層低音に、評論『一人の彼方へ』の中で思考を追熟させてゆく。その嚆矢の例が「津軽ホーハイ節」などの読解だ。

見るように叙述をなさない対語のきれぎれな先端が、列島本州の北の先端にあるということだが、しかし、「却って古風の存する」この無意味のおくに、「七と五」の律とは同じくしない「八・八」の律の自由が隠されており、それは、この唄をつないでいる〝ホーハイ!〟という、実際には裏声《ヨーデル》で発せられるハヤシ音声の独異さとともに、「ヤマト歌」の移り動いた崩れのすそ野で、何か崩れに服さない根底の乖離を見せているのである。

その裏声《ヨーデル》唱法がアイヌ歌謡での唱法に基づいているとは、当然云い得ることだ。

（『一人の彼方へ』九二〜九三頁）

さらに黒田は、「八」を根幹とするうたの律を南西諸島の歌にまで見通そうとしていく。藤井も本書と「古代詩の方へ」（『甦る詩学』一三九頁）で深い共感と関心を示している。ところであらためて目を惹くのは、黒田が、「ホーハイ」という裏声・繰り返し詞に着眼している点である。これは、アイヌ神謡中の「ホテナオ」という繰り返し詞に通い合う。神謡の演唱には欠かせないもので、藤井は、小狼などに由来する動物語と捉えている。

けれども藤井のアイヌ文学や時制・話法への関心は、七〇年代末の『古日本文学発生論』の段階ではまだ始まっていない。とすれば、黒田の「ホーハイ」、また歌垣の「カケとカエシ」への着目は、すぐれた先見性をもつものではないか（これらの問題については別に考察してみたい）。

◆『一人の彼方へ』ノート

さて藤井は、『現代詩手帖』一九七七年二月の『黒田喜夫特集号』に「亡滅の歌」（本書収録）を寄稿、それから三年後の一九八〇年二月『解釈と鑑賞』に「古代詩の方へ――黒田喜夫『一人の彼方へ』ノート」（「黒田ノート」と略称）を載せた（こちらは『甦る詩学』に収録されている。『「おもいまつがね」は歌う歌か』が復刊されるあかつきには、この黒田ノートも収録して欲しい）。

藤井の「黒田ノート」によれば、二人には対談予定があったが、黒田の病気で延期となった。そこで藤井は、黒田の郷里寒河江《さがえ》を訪ねたりし、「私一人」で『一人の彼方へ』の「縁辺へふれてゆくしかなかろう」と「ノートを綴る」。

「亡滅」とは、辺境そのもの、その意識にあらわれる真の辺境なるものではなかったか。（本書二四一頁）

黒田の〈亡滅〉を、藤井がどのように摑みとり、どのように『古日本文学発生論』に応用していったかは、本書と「黒田ノート」を読んでいただくしかない。

◆「叢の底から」

『古日本文学発生論』は、南島歌謡を導き手に、歌・日本文学の始原を問うのを主旋律とする。けれども「叢の底から」の章は、趣きの違う、異質な一章となっている。諏訪を基地とする「古部族研究会」[2]によるサク神、シャグジ、宿神などの踏査や発言に着眼した稿で、その「草深い」「原生信仰」は、「〃古日本〃に類する名と、いま言ってみたい」と本書「まえがき」で宣言する。七〇年代末、当時清新で異風な古部族研究会の踏査活動と考察を、〃文学者〃でありながら、いちはやくキャッチ、評価したのも藤井だった。

ところでかの黒田喜夫にも「宿」への強いこだわりがあったことは、あまり知られていないのではないか。詩「夜の兵士たちへ——枕頭詩篇より」(『文芸展望』一九七七年・月、筑摩書房)の中に、「宿(しく)」という言葉が登場する。

……〈前略〉……

岸に身をもたげ

わたしは眠っているのではない
白昼の眠りの中ならこうだ
……眠りの水に現れる村がある
ダムの底でも古い遺跡でもなく
薄明の水そこに宿《しく》とよばれる群落に似た
家並がある
……〈後略〉……

「宿」への執着と詩語としての採択には、並々ならぬ思念が作動していたことは、その年五月の岡庭昇《おかにわのぼる》との対談で明らかだ（『自然と行為』一九七七年、思潮社）。[3] けれども黒田は一九八四年に没した。その全仕事はいまだ明らかになっていない。断言はできないが、おそらく黒田は、宿（神）の問題を深追いすることなく終わったのではないか。しかし、有名な「あんにゃ」だけではない。「生涯のように――対話による自伝」（『季刊現代評論』創刊号、一九七八年）で語られる「ホイト」や「小母さ」などと共に、黒田の捕捉した宿神の類縁世界は、私たちに黒い影と刻印を残した。

もはや説明は要しまい。『古日本文学発生論』の「解説」を引き受けるなら、この本誕生の意義とともに、黒田喜夫の詩と思考をもよみがえらせたい。〈亡滅〉は、黒田喜夫、藤井貞和両者の十字路で明滅する絶望と希望のシグナルだ。
最後にふたたび耳を傾けようか。「藤井貞和が問う」の藤井巻頭文「声、言葉――次代へ」の一節を。

……石原吉郎あるいは黒田喜夫の季節が「三・一一」のなかで、昶さんとともに終わろうとしている。

彼らの季節はとうに終わったとの諦観か、それとも、現代への挑発か。文庫版による『古日本文学発生論』の第二の誕生とともに「亡滅の思想」は復活し、現代社会とわれわれの存在の基底を揺さぶり続ける。

（1）「民謡」へのこだわりは、たとえば寺山修司との対談にもうかがえる。
……短歌が民族語としての日本語の根源的なものによしかれ悪しかれ関わっているとすれば、それを民謡的な発生の基盤まで一度つきつめ返し、あるいは解体し返し、そこでまた、現代の詩も根源的なところに関わっているところのものを見なければならないと思うんです。

（一九七四年三月、「彼岸の唄」『自然と行為』、二五五頁）

（2）藤森栄一の著作などから諏訪に関心を抱く田中基と北村皆雄が意気投合し、野本三吉と合流して立ち上げた諏訪信仰の研究会。一九七四年に在地の研究者・今井野菊を訪ねて教えを乞い、本格的に始動。永井出版企画から「日本原初考」三部作『古代諏訪とミシャグジ祭政体の研究』（一九七五）、『古諏訪の祭祀と氏族』（一九七七）、『諏訪信仰の発生と展開』（一九七八）を刊行した（いずれも二〇一七年に人間社文庫で復刊）。

（3）「宿」への執着と詩語としての採択について、岡庭昇との対談。

……ぼくの育った東北の村というのは、氏神が「白山」なんです。村の氏神が「白山」ということは、理由は別にして関東以西だったら、いわゆる部落の生成ということなんですね。場所は郡と郡の堺で、……〈中略〉……ぼくが自分の詩に「宿《しく》」という言葉を使ったりしたのも、それを頭においていたからなんです。ところが村の地名がまたアイヌ語に関係があると思えるんです。アイヌ語の sar（葦、葦原）と関係している地名だと思うんです。……〈中略〉……そんな風に考えますと、八世紀以降、日本律令国家の最初の植民地であったその地方の様相が歴然と想われるんですね。

（一九七七年五月、「短歌的抒情と共同体」『自然と行為』、二九一―二九二頁）

〔れ〕

〔わ〕

〔ん〕

〔ゆ〕

〔よ〕

〔り〕

〔む〕

〔も〕

〔や〕

〔ま〕

〔み〕

〔ひ〕

〔ふ〕

〔へ〕

〔ほ〕

〔に〕

〔ぬ〕

〔ね〕

〔の〕

〔は〕

〔せ〕

〔た〕

〔ち〕

〔つ〕

〔す〕

〔さ〕

〔し〕

〔く〕

〔け〕

〔こ〕

〔か〕

〔き〕

〔お・を〕

〔う〕

〔え〕

総合索引

藤井貞和　1942年東京生まれ。詩人、国文学者。『源氏物語』研究の泰斗、また古文学、歌謡、南島論に関する多くの著書がある文学研究の第一人者。主な受賞は、角川源義賞（2001）『源氏物語論』、藤村記念歴程賞（2002）および高見順賞（2003）『ことばのつえ、ことばのつえ』、伊波普猷賞（2008）『甦る詩学』、鮎川信夫賞（2012）および芸術選奨文部科学大臣賞（2012）『春楡の木』、毎日出版文化賞（2020）『〈うた〉起源考』、読売文学賞（2023）『よく聞きなさい、すぐにここを出るのです。』など。2022年には日本芸術院賞を受賞した。そのほか『日本文学源流史』（2016）、『物語史の起動』（2022）、『〈うた〉の空間、詩の時間』（2023）など近著多数。

人間社文庫‖日本の古層⑥

古日本文学発生論 文庫版

2024年04月06日　初版1刷発行

著　者　藤井貞和
制　作　図書出版 樹林舎
〒468-0052　名古屋市天白区井口1-1504-102
TEL：052-801-3144　FAX: 052-801-3148
発行人　大幡正義
発行所　株式会社人間社
〒464-0850　名古屋市千種区今池1-6-13　今池スタービル2F
TEL：052-731-2121　FAX: 052-731-2122
振替：00820-4-15545　e-mail：mhh02073@nifty.ne.jp

印刷製本　株式会社シナノパブリッシングプレス

＊定価はカバーに表示してあります。
＊乱丁・落丁本はお取り替えいたします。

ISBN978-4-911052-05-1 C0139